KB057797

탈무드형 성공 습관

탈무드형 성공 습관

· 김옥림 지음 ·

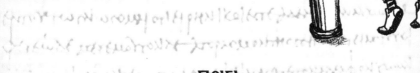

문이당

자신을 주도하는 탈무드형 인간

　세계에서 가장 우수한 민족으로 인정받는 유대인들은 어떻게 해서 뛰어난 민족이 될 수 있었을까. 그것은 유대인들이 그들의 민족서인 탈무드의 가르침에 따라 항상 창조적이고 긍정적으로 생각했기 때문이다.

　탈무드에는 인간이 살아가는 데 필요한 예술, 법, 도덕, 상술, 처세술, 자아 계발, 가정, 자녀, 교육 등 각 분야의 상식과 지혜가 가득 담겨 있다. 그래서 유대인은 어린 시절부터 탈무드를 읽고, 그 가르침에 따라 실천하며 꿈을 키운다. 그리고 어른이 되어서도 꾸준히 탈무드를 읽고 그 가르침대로 살아간다.

유대인이 각 분야에서 최고가 되고, 성공할 수 있었던 것은 탈무드형 인간이기 때문이다. 자신의 꿈을 이루고 성공적으로 살고 싶다면 탈무드형 인간이 되어야 한다. 탈무드형 인간의 조건으로는 여섯 가지를 들 수 있다.

첫째, 강한 정신과 창의적인 생각을 길러야 한다.

둘째, 실패를 겁내지 말고 낙관적인 마음을 길러야 한다.

셋째, 배움을 소중히 여겨야 한다.

넷째, 대립을 두려워하지 말아야 한다.

다섯째, 유머를 즐기는 사람이 되어야 한다.

여섯째, 자신을 사랑하고 세상의 중심에 서야 한다.

탈무드형 인간이 되고 싶다면 이 여섯 가지를 꾸준히 실천해야 한다. 실천하기가 쉽지만은 않지만 좋은 결과를 위해서라면 힘들어도 해야 한다. 힘들이지 않고는 그 어떤 것도 좋은 결과를 얻을 수 없다.

누구나 잘 아는 20세기 최고의 물리학자 아인슈타인, 세계 최고의 영화감독 스티븐 스필버그, 미국 외교의 달인 헨리 키신저, 정신분석학자 프로이트, 만유인력의 법칙을 발견한 뉴턴, 공산주의의 창시자 마르크스, 음악가 멘델스존, 레너드 번스타인, 쿠바 혁명가 체 게바라, 투자의 귀재 조지 소로스 등은 모두 유대인이다.

이들이 자신의 분야에서 세계 최고가 될 수 있었던 것은 탈무드형 인간 조건을 실천했기 때문이다.

청소년들이 이 책을 선택하는 데 도움이 될 것 같아 이 책의 특징을 밝힌다. 이 책은 서점에 가면 흔히 볼 수 있는 탈무드와는 성격이 전혀 다르다. 서점에서 흔히 볼 수 있는 탈무드는 번역물이다 보니 출판사마다 책 내용이 거의 비슷하다. 그러나 이 책은 유대인의 삶과 철학, 사상과 종교 및 탈무드를 총망라한 책을 탐독하고 우리 청소년들에게 맞게 나의 철학과 사상을 접목했다.

이 책에는 자신을 주도하고 이끄는 탈무드적 마인드를 기르는 스물다섯 가지 전략이 담겨 있다. 청소년들이 탈무드형 인간이 되어 자신을 주도하는 사람이 되고 싶다면, 여기에 담긴 스물다섯 가지 전략을 꾸준히 실천해야 한다. 노력해서 안 되는 것은 없다.

나는 우리 청소년들이 틀에 박힌 생각에서 벗어나길 원한다. 좀 더 새롭게 생각하고, 상상력을 키우고, 자신이 원하는 것을 즐기며 공부하기를 원한다. 우리의 교육 현실이 자신이 원하는 것을 하기에 장애가 되는 건 사실이지만, 자신의 찬란한 미래를 위해서라면 힘들어도 해야 한다.

똑같은 스물네 시간이 주어져도 누구는 군소리하지 않고 하는데, 누구는 이 핑계 저 핑계를 대며 하지 않는다. 이것은 오직 자신의 의지 문제다. 의지가 있는 사람은 어떤 상황에서도 자신의 꿈을 모두 이루어낸다.

나는 우리 청소년들에게 꿈을 키워 주고 싶다. 그래서 청소년들을 위한 책을 많이 쓰고 있다. 이 책은 우리 청소년들에게 작은 도움이라도 주고 싶어 쓰게 되었다. 이 책이, 남들과 다르기를 꿈꾸는 청소년들에게 좋은 친구가 되어 주리라 믿는다.

대한민국 청소년들이 모두 자신의 꿈을 이루기를 소망한다.

2010년 8월

김 옥 림

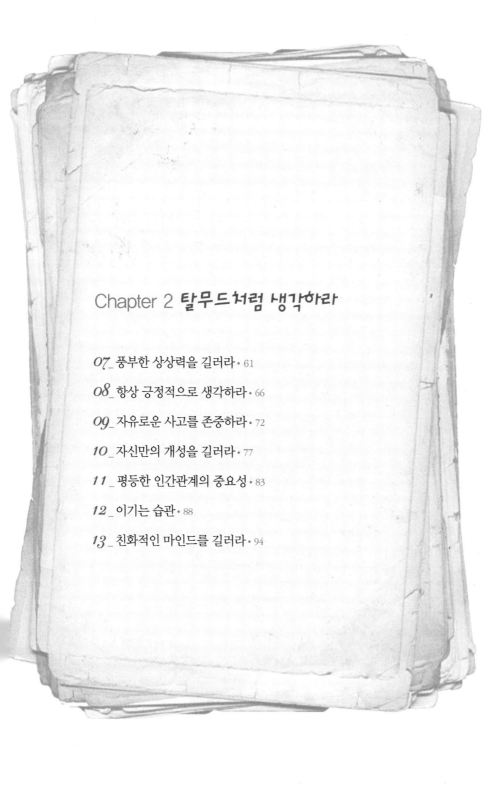

Chapter 2 탈무드처럼 생각하라

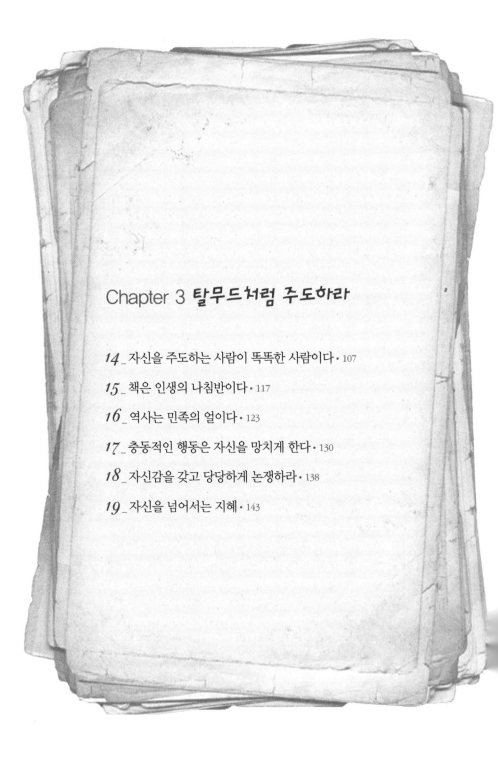

Chapter 3 탈무드처럼 주도하라

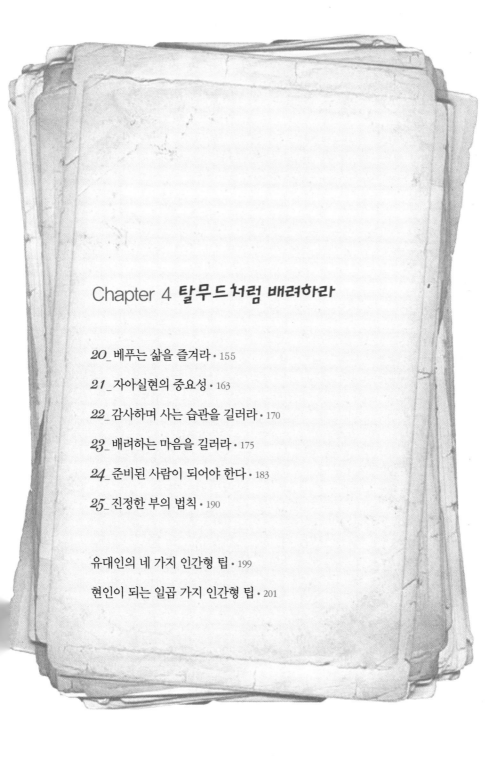

Chapter 4 탈무드처럼 배려하라

만나는 사람 모두에게서

무엇인가를 배울 수 있는 사람이

세상에서 가장 현명한 사람이다.

-탈무드-

Chapter 1

_탈무드처럼 배워라

01 강한 정신과
창의적인 마인드를 길러라

강한 정신을 길러라

탈무드형 인간의 가장 큰 특징은 강한 정신을 가진 공기 인간이라는 것이다.

공기는 막힘이 없고, 거침이 없다. 공기는 틈만 있으면 그곳이 어디든 스며들어 자신의 존재를 드러내고 사람이든 동물이든 나무든 꽃이든 살아 있는 모든 것에게 소중한 존재다. 공기가 잠시라도 사라진다면 살아남을 생명체는 하나도 없다. 이렇게 공기처럼 어디든지 적응할 수 있고, 누구에게든지 필요한 사람이 공기인간이다.

유대인은 적응력이 뛰어나고 강한 생명력을 가지고 있어, 어디서든 살아갈 수 있고 또 누구에게든지 필요한 존재다.

유대인이 공기인간이 된 데는 그들의 종교인 유대교에 이유가 있다. 유대인은 오직 하나님만을 믿는데, 그 믿음이 아주 강해 두려움을 모른다. 유대인들은 이천 년을 나라도 없이 떠돌며 살았지만, 불굴의 의지로 살아왔던 것은 그들이 목숨처럼 믿는 종교 때문이었다.

유대인은 로마 제국에 나라를 빼앗기고 이천 년 동안 전 세계에 뿔뿔이 흩어져, 1948년 이스라엘을 건국하기까지 기독교 교인들은 물론 다른 민족으로부터 온갖 박해를 받으며 살아왔다. 이탈리아에 가면 유대인들이 집단으로 모여 살던 '게토'라는 지역이 따로 있었을 정도다. 그만큼 유대인들은 다른 민족의 철저한 경계 대상이었고, 좋은 직업도 가질 수 없었다. 그래서 유대인들은 살고자 강해졌고, 처세술이 뛰어날 수밖에 없었다.

청소년들은 누구나 자신만의 성공을 꿈꿀 것이다. 꿈을 이루고 싶다면 유대인처럼 강한 정신을 길러 공기인간이 되어야 한다. 공기인간은 21세기 주역이 되어야 할 청소년들이 반드시 갖춰야 할 인간형이다.

아래의 '공기인간의 조건'을 보면 알 수 있듯이, 공기인간이 되려면 많은 노력이 필요하다. 노력 없이는 공기인간이 될 수 없다.

공기인간의 조건

※ 어디서든 스스로 당당해야 한다. 아무리 실력이 뛰어나도 스스로 당당하지 못하면 제 실력을 발휘할 수 없다.

※ 자신을 이기는 사람이 되어야 한다. 자신을 이겨 내면 어떤 일도 해낼 수 있다.

※ 어떤 환경에도 적응할 수 있는 적응력을 길러야 한다. 적응력이 있는 사람만이 자신의 목표를 이룰 수 있기 때문이다.

※ 자신의 감정을 조절하고 통제할 수 있어야 한다. 그래야 어떤 상황에서도 자신을 지킬 수 있다.

창의적인 마인드의 필요성

세계 최고의 민족이라 불리는 유대인들은 정치, 금융, 경제, 예술, 문학, 언론, 과학, 학술 등 모든 분야에서 뛰어난 실력을 뽐내며 민족의 우수성을 인정받고 있다. 특히 금융과 경제 분야에서 빼어난 능력을 과시하며 뉴욕 맨해튼 월가를 움켜쥐고 있다. 뉴욕 금융가를 쥐락펴락한다는 것은 세계금융계를 꽉 쥐는 것과도 같다.

유대인들은 전 세계적으로 흩어져 살고 있는데 본토인 이스라엘을 포함한 전체 인구가 우리나라 삼분의 일 수준인 1,600만 명에 불과하다. 그런데 이처럼 적은 인구로 전 세계의 모든 분야에서, 어떻게 그처럼 뛰어난 능력을 발휘할 수 있을까?

그것을 한마디로 말한다면, 유대인은 '탈무드형 인간'이기 때문이다. 탈무드형 인간이란 탈무드를 통해 사색하고, 연구하여 새로운 생각을 발견해 내는 창의적인 인간을 말한다.

유대인들은 어떤 틀에 갇히는 것을 매우 싫어한다. 틀에 갇힌다는 것은 고정 관념에 빠져 있다는 것이고, 현실에 안주한다고 생각하기 때문이다. 그래서 그들은 언제나 새로운 것을 좋아하고 생각이 한군데로 고정되는 것을 무척 싫어한다. 그러다 보니 그들은 주입식 공부보다는 토론식 수업을 좋아하고, 어떤 논제에 대해 자신의 의견을 다양하게 표현하는 것을 좋아한다.

자신의 의견을 다양하게 제시하는 것은 무엇보다 중요하다.

좋은 의견이 모여 새로운 생각을 만들어 내고, 그 생각으로 지금과는 다른 새로운 것을 시도할 수 있기 때문이다. 이것이 탈무드형 인간이 갖추어야 할 기본자세며, 유대인들은 이를 통해 누구나 탈무드형 인간으로 살아간다.

다양한 구조로 얽힌 현대 사회에서 성공하고, 행복하게 살아가려면 다양한 인간관을 가져야 한다. 또 그에 맞는 실력을 갖추어야 한다. 그렇지 않으면 사회 중심에서 벗어날 수밖에 없고, 자신이 원하는 것을 이룰 수 없다.

탈무드형 인간에 한 걸음 다가서려면 다양한 인간관과 여러 분야에서 실력을 갖추어야 한다. 지금 사회는 탈무드형 인간을 원한다. 그러므로 성공적인 삶을 살아가려면 탈무드형 인간이 되어야 한다. 그리고 탈무드형 인간이 되려면 반드시 창의적인 마인드를 길러야 한다.

유대인들의 놀라운 성공 비결은 여러 분야에서 깊이 배우는, 창의적인 인간 즉 탈무드형 인간이기 때문이다.

창의적인 마인드를 기르고 싶으면 다음의 방법을 실천해 보자.

창의적인 마인드를 기르는 법

※ 고정관념을 버리고 늘 새롭게 생각하는 습관을 길러라. 새
로운 생각이 새로운 나를 만든다.

※ 다양한 분야에서 상식을 길러야 한다. 그러려면 다양한 책
을 읽어야 한다.

※ 하나를 배워도 깊이 배워야 한다. 깊이 배워야 좋은 결과를
얻게 되기 때문이다.

※ 상상력을 길러야 한다. 상상력이 좋은 사람이 발전할 가능
성이 크다.

대표적인 탈무드형 인간

우리에게 잘 알려진 대표적인 탈무드형 인간으로는 우주
의 특수 상대성 이론을 발견하여 20세기 최고의 물리학자로 추
앙받는 알베르트 아인슈타인, 정신분석학의 창시자인 프로이트,
미국 외교의 달인 헨리 키신저, 만유인력의 법칙을 발견한 뉴턴,
공산주의의 창시자인 마르크스, 음악가인 멘델스존, 쿠바 혁명

가인 체 게바라, 투자의 귀재 조지 소로스, 세계 영화계의 최고 감독인 스티븐 스필버그 등을 꼽을 수 있다.

세계인구 대비 0.2퍼센트에 불과한 1,600만 유대인들이 노벨상 전 분야에서 20퍼센트를 차지한 것만 보더라도 그들의 우수성을 충분히 알 수 있다.

그럼, 우리나라에서 꼽을 수 있는 탈무드형 인간은 누구일까?

우선 세계 여자 피겨 스케이팅에서 그랜드 슬램을 이룬 피겨 여왕 김연아 선수를 꼽을 수 있다. 그녀는 창의적이고 개성적인 마인드로 다른 선수들과는 차원이 다른 예술적인 경기를 펼친다. 또한 실패를 두려워하지 않고 당당하며 자신의 장점을 잘 살리는 영리함과 뜨거운 열정을 지녔다.

또 한 사람 예를 보자. 현대그룹 창업주인 정주영 회장 역시 탈무드형 인간이다. 그는 실패를 두려워하지 않고 모든 일을 낙관적이고 긍정적으로 생각했다. 남들이 안 된다고 할 때도 그는 원하는 것은 무엇이든 시도했다. 그의 사전에 불가능이란 없었다. 그래서 그가 마음먹고 한 일은 모두 성공할 수 있었다. 그는 지독한 가난 속에서도 창조적 도전 정신으로 무에서 유를 창조한 뛰어난 탈무드형 인간이다.

누구나 노력하면 탈무드형 인간이 될 수 있다. 한창 꿈을 키워 가는 청소년들은 이를 잘 새겨들었으면 한다. 청소년 시기는 가장 활기가 넘치고, 자신의 꿈을 세우는 시기이기 때문이다.

갈수록 우리 사회는 개개인에게 더 많은 능력을 요구할 것이다. 우리 청소년들이 복잡한 환경 속에서 뒤처지지 않고 성공적으로 살아가려면, 반드시 공기인간이 되고 탈무드형 인간이 되어야 한다.

탈무드형 인간은 21세기의 새로운 인간형이다.

02 실패를 겁내지 않는
낙관적인 마음

실패를 겁내지 마라

유대인은 실패를 두려워하지 않는다. 그들이 실패를 겁내지 않는 것은 척박하고 어려운 환경 속에서도 꿋꿋하게 살아온 민족이기 때문이다.

유대 민족은 예로부터 한 곳에 머무는 것이 아니라, 풀과 물을 찾아 이리저리 떠도는 유목민이었다. 그들이 사는 곳은 물과 풀이 귀한 거친 사막 지대였고 그러다 보니 물과 가축을 먹일 풀이 있는 곳이라면 그곳이 어디든 찾아갔다. 그러는 도중 다른 종족과 많이 만났고 서로 물과 풀을 차지하려고 목숨을 걸고 싸워야 했다. 생존을 위해 어쩔 수 없는 일이었다. 이처럼 열악한 환경에서 살아가자니 강해질 수밖에 없었다.

유대인들은 사백 년이나 이집트의 노예로 사는 비참한 일을 겪기도 했다. 하지만 그들은 그런 상황에서도 민족 단결에 힘쓰며 자유를 꿈꾸었다. 유대인들은 혹독한 시련을 겪으며 실패를 두려워하지 않고 오히려 강해졌던 것이다.

자신이 원하는 것을 얻으려면 실패를 겁내서는 안 된다. 실패를 겁내다 보면 실패의 노예가 되어, 자신의 유능한 능력도 쓸모없는 쓰레기처럼 만들어 버린다.

실패는 누구나 다 한다. 자신이 원하는 것을 이루고 성공적으로 살고 싶다면, 실패의 두려움에서 과감하게 벗어나야 한다.

낙관적인 마음을 길러라

유대인들이 긴 세월 동안 시련을 겪으면서도 비관하지 않은 것은, 하나님이 자신들을 지켜 준다는 종교적 신념 때문이었다. 이러한 종교적 신념이 유대인에게 낙관적인 마음을 갖게 했다. 유대인들은 벼랑 끝 절망 중에서도 긍정적이고 진취적인 자세로 이겨 냈다.

제2차 세계 대전 당시 히틀러에 의해 육백만 명이 넘는 유대인들이, 아우슈비츠 강제 수용소에서 독가스로 희생되었다. 이는 인류 역사상 가장 포악하고 잔인한 사건으로 기록되었다.

유대인은 그런 엄청난 일을 겪었음에도 절대 기가 꺾이지 않았다. 살아남은 사람들은 오히려 더 강해졌고, 전 세계에서 능력을 인정받는 우수한 민족이 되었다.

낙관적인 마음은 불가능을 가능으로 만드는 힘을 지녔다. 사람이 살다 보면 전혀 생각지도 못한 시련과 어려움을 겪게 된다. 이럴 때 가장 필요한 것이 낙관적인 마음이다. 낙관적인 마음만 있으면 언제든지 다시 일어설 수 있다.

한 예를 살펴보자. 유대인인 21세기 최고의 자산운용 책임자 조지 소로스는 제2차 세계 대전 때 조국 헝가리가 독일에 점령당하자 히틀러의 박해를 피해 영국으로 갔다. 영국으로 간 그는 자신의 미래를 위해 웨이터로 일하며, 힘든 가운데서도 런던경제대학에 입학했다.

그 후 세일즈맨으로, 노동자로 일하며 힘들게 공부한 조지 소로스는 자신의 꿈을 위해 새로운 일을 시작하였다. 때때로 시련과 위기를 겪었지만, 그는 절대 좌절하지 않았다. 그리고 마침내 투자의 귀재가 되어 전 세계에서 주목받는 사람이 되었다. 지금은 그의 말 한마디에 세계 주가가 움직일 만큼 그는 전 세계 경제에 큰 영향을 주고 있다.

그가 세계 경제를 움직이는 막강한 힘을 가질 수 있었던 것은, 타국인 영국에서 그것도 혼자 맨주먹으로 새롭게 시작해야 하는 최악의 순간에도, 웨이터를 비롯한 세일즈와 노동으로 학비를 벌어야 하는 힘든 나날에도, 꿈을 포기하지 않고 낙관적인 마음으로 최선을 다했다는 데 있다.

유대인은 공기인간으로 어떤 상황에서도 살아남아 자신의 존재감을 드러내는 강인한 민족인데, 조지 소로스 역시 공기인간의 특성을 잘 보여준 대표적인 탈무드형 인간이다.

조지 소로스처럼 탈무드형 인간은 실패를 겁내지 않는, 낙관적인 마음을 가지고 긍정적으로 살아간다.

좋은 것은 배워야 한다. 우리나라 또한 역사적으로 많은 수난을 겪은 민족이다. 우리나라는 수많은 어려움을 극복하고 오늘날 OECD(경제 협력 개발 기구) 회원국이 되었고, G20 회원국이 됨은 물론 2010년 G20 첫 회의를 개최하는 영광스러운 국가가 되었다. 그리고 2009년 GDP(국민총생산)가 세계 9위에 올라 경제 대국의 틀을 갖춰 가고 있다.

우리나라 국민 또한 유대인에 버금가는 우수한 두뇌를 가진 민족이다. 하지만 창의적이고 낙관적인 마음은 우리가 유대인에게 좀 더 배워야 할 점이다. 우리나라 교육은 단순히 대학 입시만을 위한 공부에 불과하지만, 유대인은 창의적이고 실용적인 공부를 한다.

　우리 청소년들은 각자가 지닌 능력을 최대한 활용해야 한다. 그리고 실패를 겁내지 않는 낙관적인 마음을 갖고, 자신이 원하는 분야에서 최선을 다한다면 분명히 성공할 수 있을 것이다.

03 배움을 소중히 여기는 자네

배움을 소중히 여겨라

탈무드는 히브리어로 '깊이 배운다'는 뜻이다. 유대인은 무엇을 배우든지 깊이 배운다. 수박 겉핥기식은 절대 용납하지 않는다. 배움의 진정한 가치이자 목적은 하나를 배워도 깊이 그리고 충분히 배우는 것이다.

탈무드는 5천 년 역사와 전통, 유대 민족의 살아 있는 지혜가 체계적으로 정리된 매우 방대한 책이다.

탈무드에는 인간이 살아가는 데 필요한 예술, 법, 도덕, 상술, 처세술, 자아계발, 가정, 자녀, 교육 등 각 분야의 상식과 지혜가 아침 햇살처럼 반짝이고 있다. 그리고 더욱 놀라운 것은 탈무드가 가르치는 지혜는 현재는 물론이고 미래에도 적용된다는 사실이다.

이는 탈무드가 과거 완료형이 아니라 언제나 현재 진행형이라는 것을 의미한다. 탈무드가 전 세계에 번역·출간되어 널리 읽히고 있는 것만 보아도 이를 잘 알 수 있다.

탈무드에 보면 '만나는 사람에게서 무엇인가를 배울 수 있는 사람이 세상에서 가장 현명한 사람이다'란 말과 '모르는 것을 묻지 않는 것은 쓸데없는 오만일 뿐 그것은 아무것도 아니다'라는 말이 있다. 이 말에서 보듯 배움은 유대인에게 매우 소중한 삶의 가치이자 목적이다.

랍비 힐렐은 랍비 요하난 벤 자카이, 랍비 아키바와 더불어 유대인을 대표하는 3인의 랍비 중 한 사람이다.

힐렐은 지금으로부터 이천 년 전 바빌로니아에서 태어났다. 그는 스무 살 무렵 이스라엘로 건너가 위대한 두 랍비의 문하에서 공부했다. 그 무렵 이스라엘은 로마 제국의 지배 아래에 있어, 유대인의 생활은 아주 고통스러웠다.

그는 하루에 동전 한 닢밖에 벌지 못할 정도로 가난했다. 하지만 그는 공부를 무척 좋아했고 그날 하루 벌은 돈은 모두 수업을 듣는 데 썼다.

그러던 어느 날 그는 일거리가 없어 한 푼의 돈도 벌지 못했다. 그러나 그는 배움에 대한 열망을 버리지 못해 한밤중 학교 지붕 위로 올라가 굴뚝에 귀를 대고 강의를 들었다. 그는 강의를 듣다 자신도 모르게 그만 잠이 들고 말았다. 그때는 겨울이어서 밤새 내린 눈이 그의 몸을 덮고 말았다.

다음 날 아침 다시 수업이 시작되었다. 그런데 교실 안이 여느 때보다 어두웠고 학생들은 모두 천장을 쳐다보았다. 그러고는 깜짝 놀랐다. 지붕 위에 어떤 사람이 있다는 것을 알게 된 것이었다.

힐렐은 그 길로 끌려 내려왔고 따뜻한 교실에서 밤새 꽁꽁 언 몸을 녹일 수 있었다. 그리고 학교에서는 공부에 대한 그의 간절한 열망을 듣고 수업료를 면제해 주었고 이를 계기로 유대 학교의 수업료는 무료가 되었다.

힐렐은 배움을 매우 소중히 여겼으며, 성품이 온유하고 예의 바른 사람이었다. 훗날 그는 랍비 최고 자리에 오르며 수많은 유대인에게 존경을 받았다.

힐렐의 이야기에서 보듯 유대인에게 배움은 하나의 생활이다. 랍비든 랍비가 아니든 그들은 평생을 배우며 산다. 배움엔 일정한 기간이 없다는 것이 그들의 생각이다. 이것이 우리와 다른 점이다.

우리는 대학을 나오면 그것으로 공부는 끝이라고 생각한다. 그리고 직장에 매여 회사 일만 하면 된다고 생각하는 사람들이 대부분이다. 하지만 진정한 공부는 대학을 마치고 나서부터다. 학교에서 배운 공부를 생활에 적용하려면 더 많은 책을 읽고 공부해야 한다. 그래야 풍부한 상식을 갖게 되고, 자기 목표를 실현함으로써 스스로 만족할 수 있다.

이렇듯 배움은 나와 너 그리고 모두에게 반드시 필요한 것이다. 그래서 배움을 소중히 여겨야 한다.

가정 교육의 중요성

유대인 가정에서는 아이가 태어나면 어머니가 그들의 민족서인 《탈무드》를 통해 민족정신과 지혜를 가르친다. 그리고 아이들은 그들의 민족 종교인 유대교를 통해 경건한 삶을 배운다.

유대인 어머니는 아이에게 이야기를 일방적으로 들려주지 않는다. 아이에게 끊임없이 질문하고 그 질문에 답하도록 한다. 유대인의 교육은 민족정신을 가르치는 것이다. 민족의 역사와 철학을 가르치고, 빛나는 문화유산을 보존하고, 계승하고 발전시키는 교육이야말로 살아 있는 교육이며 참교육이라는 것이 그들의 생각이다.

이러한 민족정신과 철학 교육을 받고 자란 유대인은 세계 그 어느 민족도 따라오지 못할 만큼 우수하다.

유대인은 가정 교육이 얼마나 중요한지를 잘 알고 있으며, 적극적으로 실천하고 있다. 그리고 그 중심에 어머니가 있다. 어머니는 자녀의 스승이며 보모며 친구며 절대적 존재다.

우리도 과거 대가족 제도에서는 할머니의 무릎사랑 교육이 있었다. 어린 시절 할머니의 무릎에 앉아 밤이 이슥하도록 옛날이야기를 들으며 궁금한 것은 끊임없이 물었고, 할머니는 인자한 표정으로 답변해 주었다. 다시 말해 질문하고 질문에 답하는 것을 즐겨 했다.

나 역시 외할머니로부터 많은 이야기를 듣고 자랐다. 나는 모르는 것은 몇 번이고 물었고, 외할머니는 언제나 인자하게 질문에 답해 주었다. 그런 모든 것들이 내 정신의 자양분이 되었고, 훗날 작가가 되는 데 큰 밑거름이 되었다.

어린 시절에 들은 이야기가 그처럼 오래도록 기억에 남는 것은, 칠판을 보고 의자에 앉아 들은 이야기가 아니라, 할머니의 뜨거운 심장을 느끼며 마음에서 마음으로 전달된 이야기이기 때문이다.

마음과 마음이 잇닿은 이야기에는 생명의 고동 소리가 들어 있다. 그래서 그 이야기는 평생을 가지고 가는 것이다.

탈무드형 인간이 되고 싶다면 상대가 누구든 그곳이 어디든 배워야 한다. 모르는 것을 질문하는 것은 부끄러운 일이 아니다. 모르는 것은 배워서 알면 된다.

하지만 모르는 것을 질문하지 않는 것은 부끄러운 일이다. 특히 꿈을 키워 나가는 청소년 시기는 그 어느 때보다 중요하다. 그래서 많은 것을 들어야 하고, 읽어야 하고, 모르는 것은 끊임없이 질문해야 한다.

그런데 안타까운 것은 이처럼 중요한 시기에 오직 대학을 가기 위해 입시 위주의 공부만 한다는 것이다.

나에게 글쓰기를 배우는 중학교 3학년 학생이 있는데, 이 학생은 공부 외적인 것에 많은 관심을 두고 있다. 특히 책 읽는 것을 매우 좋아해서 고등학교 시험 준비를 하면서도 일주일에 꼭 두 권씩 책을 읽는다. 그렇다고 성적이 나쁜 것도 아니다. 이에 대해 어떻게 그럴 수 있느냐고 반문할 사람이 있을 것이다. 학원 공부 할 시간도 없는데, 하고 말이다.

그 답은 습관에 있다. 나는 이 학생에게 습관의 중요성을 이야기해 주었다. 그리고 이 학생은 내가 일러준 대로 실천하였다. 처음엔 쉽지 않았다. 하지만 일주일을 참아 내고, 이 주일을 참아 내고, 한 달을 참아 내고, 두 달을 참아 내어 자연스럽게 책 읽는 습관이 든 것이다.

습관의 힘은 아주 강해 안 하면 못 배기게 한다. 그렇게 그 학생은 꾸준한 독서를 통해 많은 상식을 얻었고, 글쓰기는 물론 여러 분야에서 또래의 청소년들보다 더 알찬 시간을 보내고 있다.

이는 비단 이 학생만의 일이 아니다. 학교에서 자신이 하고 싶은 공부를 하는 청소년들이 내 주변에는 더러 있다. 그 학생들은 하나같이 자신과의 싸움에서 지지 않는다.

자신이 미래에 행복하게 살고 싶다면 힘써 배우고 익혀야 한다. 이렇게 해서 배운 공부는 평생을 간다. 평생 가는 공부야말로 진정한 공부다.

04 대립을 두려워하지 마라

대립을 두려워하지 않는 마음

유대인은 대립을 두려워하지 않는 민족이다. 유대인이 대립을 두려워하지 않는 건 그들의 강인한 정신 때문이다.

그 예를 잘 보여주는 사건이 1967년 이스라엘과 아랍 연합 국가 간에 일어난 전쟁이다. 전쟁이 일어났을 때 세계 각처에 흩어져 살던 유대인들은 너나 할 것 없이 조국으로 향했다. 미국 주요 도시의 공항에는 이스라엘행 비행기를 타려는 유대인들로 북새통을 이루었다. 유대인들은 조국을 지키려고 자신들이 피땀 흘려 이룬 모든 것을 포기하면서까지 조국을 향해 날아갔던 것이다. 그러나 아랍 연합 국가 젊은이들은 조국이 자신을 전쟁터로 불러들일까 봐 몸을 숨기기에 급급했다.

그 결과 전쟁은 다윗과 골리앗의 대결이라는 세계인들의 생각을 완전히 뒤엎고, 일주일도 안 돼 이스라엘의 승리로 싱겁게 끝나고 말았다. 세계 언론들은 연일 이 전쟁의 승리를 이스라엘의 강인한 정신력과 투철한 국가관의 승리라 보도했고, 그 소식을 들은 세계인들은 벌어진 입을 다물지 못했다. 인구가 300만 명도 안 되는 이스라엘이 그 수십 배가 넘는 아랍 연합 국가를 단 6일 만에 물리친 것은 기적과도 같은 일이기 때문이었다.

이처럼 유대인은 대립을 두려워하지 않는다. 상대가 누구든 전혀 주눅이 들지 않는 강인한 민족성을 갖고 있다.

유대인은 오랜 역사와 전통을 가진 민족이지만, 비극적 역사로 점철된 아픔을 가진 민족이기도 하다. 그들은 시련과 아픔을 극복하며 더욱 강해졌고 그 때문에 어떤 대립도 두려워하지 않는 강인한 민족성을 갖출 수 있었다.

탈무드에는 '쇠를 벼리기 위해서는 쇠를 쓰고, 인간을 단련하기 위해서는 인간을 쓴다'는 말이 있다. 또 '칼을 갈 때는 다른 칼로 간다'는 말이 있다. 이 말은 쇠는 쇠로써 단단하게 벼리고, 칼은 칼로써 갈아야 한다는 것이다. 즉 상대적으로 같은 것이 오히려 더 강하게 단련시킨다는 의미다.

이는 사람 사이에서도 마찬가지다. 사람들은 때론 치열한 논쟁을 벌이고 그 때문에 대립하게 된다. 하지만 그런 대립을 통해 더욱 강해질 수 있고 발전할 수 있다. 대립을 두려워하지 않는 강한 정신은 유대인의 최대 장점이자 덕목이다.

살다 보면 자신의 의지와 상관없이 대립하는 상황이 생긴다. 이럴 때 상대에게 밀리면 십중팔구 패배하게 된다. 패배하지 않으려면 상대에게 밀리지 않는 강한 마음을 가져야 하는데, 그러려면 두려움을 없애야 한다. 마음속에 두려움이 있는 한 상대를 이길 수 없다.

슬기로운 마음을 길러라

유대인은 오랜 세월 온갖 박해를 받으며 살아왔어도 상대방을 끌어들이는 슬기로운 마음을 갖고 있다. 보통 사람들은 시련과 고통을 당하면 자신을 방어하기 위한 본능이 강하게 작용해 움츠러들고 강한 경계심을 드러내게 된다. 하지만 유대인은 다르다. 그들은 어떤 상황에서도 자신의 이익을 생각할 줄 알았다. 자신의 이익을 챙기려면 적을 만들면 안 된다. 유대인은 온갖 시련과 박해 속에서도 살아남기 위해 이런 삶의 지혜를 터득할 수 있었던 것이다.

오늘의 적이 내일은 아군이 되고, 오늘의 아군이 내일은 적이 되기도 한다. 유대인들은 이런 상황을 슬기롭게 극복할 줄 알았다. 그래서 언제든지 상황을 자신에게 유리하게끔 하는 지혜를 발휘하였다. 유대인이 이런 지혜를 발휘할 수 있는 것은 슬기로운 마음을 가졌기 때문이다.

청소년 시기는 인생에 가장 중요한 때다. 청소년 시기에 어떻게 하느냐에 따라 모든 것이 결정된다. 청소년 시기에 가진 꿈, 마인드, 행동거지, 말투 하나하나도 함부로 할 수 없는 것은, 그만큼 청소년 시기가 소중하기 때문이다.

이처럼 중요한 청소년 시기에 대립을 두려워하지 않는, 슬기로운 마음을 기르는 것은 그 무엇보다 가치 있는 공부다. 그래서 슬기로운 마음을 기르는 다섯 가지 법칙을 반드시 갖춰야 한다. 하기 싫어도 참아야 하고, 힘들어도 참아야 한다.

슬기로운 마음을 기르는 법칙

※ 어떤 상황에서도 적을 만들지 말아야 한다. 적은 나에게 시련을 안겨 주는 대상이 되기 때문이다.

※ 융통성을 길러야 한다. 상대방을 적으로 만들지 않으려면 반드시 필요한 처세술이다.

※ 자신에게 불리한 상황이나 화가 나는 상황에서도 절제의 미덕을 보여야 한다. 상대방도 바보가 아닌 이상 내가 원만히 해결하려고 인내심을 발휘한다는 것을 다 안다.

※ 둘을 얻으려면 하나를 버릴 줄도 알아야 한다. 양보 없이 모두 다 가지려고 한다면 모두를 잃는 일이 생길 것이다.

※ 상황에 맞는 적응력을 길러야 한다. 사람들은 각기 다른 성격을 갖고 있는데 이를 다양한 인간관이라고 한다. 다양한 인간관을 가진 사람들과 교류하려면, 그에 맞는 적응력을 기르는 것은 필수다.

05 유머를 즐기는 사람이 성공한다

유머는 지성의 숫돌이다

유대인을 가리켜 '유머의 민족' 또는 '웃음의 민족'이라고 한다. 유대인들은 모이면 유머를 즐긴다.

유대인에게 유머는 하나의 지적 수단으로 작용한다. 그들은 묻고 답하는 가운데도 유머를 즐긴다. 유머를 즐기는 가운데 물음에 대한 답을 자연스럽게 생각하게 된다. 생각은 창의적인 상상력을 기르게 한다. 그래서일까, 유머를 즐기는 사람이 머리가 좋다는 말도 있다. 이를 보더라도 유머는 단순히 남을 웃기기만을 위한 것이 아님을 알 수 있다.

히브리어로 조크를 '호프 마'라고 한다. 이 말의 뜻은 예지, 지혜를 뜻한다. 그러면 예지와 지혜란 무엇인가?

예지는 삶의 이치를 미루어 아는 지각 능력을 말한다. 그리고 지혜란 삶에서 얻은 모든 상식을 비롯한 앎을 뜻한다. 예지와 지혜는 인간의 삶을 바르게 하고, 지금보다 나은 미래를 만드는 근원이다. 예지와 지혜를 풍부하게 기를 수 있다면 그만큼 발전적이고 창의적인 삶을 살아갈 수 있다.

유대인들은 유머를 '지성의 숫돌'이라고 한다.

숫돌은 무딘 칼이나 낫 등을 가는 돌이다. 즉 유대인들이 지혜가 무뎌지지 않도록 즐겨 활용한 것이 바로 유머라는 것이다.

아인슈타인은 '내게 있어 최고의 학교는 조크다. 사람들이 지키려는 룰만 무조건 받아들여서는 안 된다. 그 룰에 갇혀 있다면 그 룰을 뒤엎고 새로운 룰을 만들어 낼 수 없기 때문이다'라고 말했다.

그가 20세기 세계 최고의 물리학자가 될 수 있었던 것은 경직된 생각의 틀에 갇히지 않은 자유분방한 사고에 있음을 알게 해 주는 말이다.

삶의 처세술로서의 유머

유대인이 성공적인 삶을 사는 이유 중 하나는 바로 유머의 힘이다. 유머는 처음 본 사람에게 느끼는 서먹서먹함을 단번에 날려버리는 장점이 있다. 서먹서먹함을 없애 버리면 편안함과 여유로운 마음으로 서로를 대하게 되고, 너와 나의 관계를 부드럽게 해 준다.

세계 최고의 물리학자인 아인슈타인이나, 20세기 최고의 정신 분석학자 프로이트는 뛰어난 유머를 가졌다. 그들은 언제나 만나는 사람들에게 웃음을 선물했다. 아인슈타인이나 프로이트가 훌륭한 인물이 될 수 있었던 것은, 유머를 잘 활용할 줄 알았기 때문이었다.

그뿐만 아니라 할리우드 최고의 감독 스티븐 스필버그나 투자의 귀재 조지 소로스, 혁명가 체 게바라, 외교의 달인 헨리 키신저 같은 사람들 또한 유머를 즐길 줄 아는 사람이었다. 그리고 세계 경제를 쥐락펴락하는 경제인들이나 금융인들은 물론 정치, 문화, 예술, 음악 등 전 분야에 걸쳐 성공한 이들 역시 유머를 즐길 줄 아는 사람들이다.

"울어도 눈물이 나오고 웃어도 눈물이 나온다. 그러나 웃어서 나오는 눈물은 눈이 빨개지는 법이 없다."

이는 탈무드에 나오는 말이다. 이 말은 웃음의 중요성을 가장 적절히 잘 나타낸 말이다. 또한 웃음은 건강에 좋을 뿐 아니라 삶에 활력과 여유를 준다는 의미다.

프로이트는 '문명은 억압이다'라고 말했다. 문명의 세계는 사람들을 억압하고 통제하는 것으로 가득 차 있다. 하지만 유머는 통제와 억압으로부터 사람들을 자유롭게 하고 상상의 날개를 달아 준다. 또한 유머는 사람의 마음을 너그럽게 하고 배려하는 마음을 갖게 한다. 그래서 유머가 넘치는 사람은 남의 잘못을 용서하는 데 매우 너그럽다. 유머는 마음에 거칠 게 없는 여유며 부드러움이기 때문이다.

이처럼 유머는 지혜를 기르는 근원이자 사람과 사람 사이를 부드럽게 이어 주는 삶의 근원이다. 이를 보더라도 유대인은 유머의 소중함을 잘 아는 민족임을 알 수 있다.

무언가 자신만의 길을 확실하게 보여준 사람들의 공통점은, 남과는 분명히 다른 자신만의 '성공 키워드'가 있다. 말하자면 유머는 유대인들의 성공 키워드인 셈이다.

한때 펀(Fun)이라는 말이 유행처럼 떠돌곤 했다. 이는 어디에

서나 필요한 웃음과 즐거움을 말한다. 웃으며 즐겁게 공부한다고 생각해 보라. 저절로 공부가 잘될 거라는 생각이 들 것이다. 즐거우면 모든 것이 신나기 때문이다. 그런데 인상을 찌푸리고 공부한다고 생각한다면, 그 생각만으로도 숨이 탁탁 막힐 것이다.

유머가 중요한 것은 유머는 사람들을 웃게 하고 즐겁게 만들기 때문이다. 자신의 삶을 즐기며 긍정적으로 살아갈 수 있도록 유머를 즐겨야 한다. 그래서 따뜻한 인간미를 지닐 수 있도록 해야 한다.

우리 생활에 즐거움을 주고 에너지를 불어넣어 주는 유머는 반드시 갖추어야 할 성공 요소다.

06 자신을 사랑하고 세상의 중심에 서라

옛것을 통해 새것을 배워라

유대인은 과거를 단순한 과거로만 여기지 않고, 과거를 통해 새로운 것을 알아낸다. 이는 온고지신이란 말처럼 옛것을 통해 새로운 것을 아는 지혜다.

대부분의 민족은 과거는 그냥 과거로 묻어 두고 역사적인 관점에서 다룬다. 하지만 유대인들은 과거를 현실로 이끌어내는 데 탁월한 능력을 지녔다. 그래서 유대인은 지난날의 수많은 경험을 통해, 많은 것을 배울 수 있다고 믿고 그렇게 실천하고 있다. 이것이 유대인이 다른 민족과 뚜렷이 구별되는 점이다.

유대인에겐 이천 년 전이나 천 년 전이나 똑같이 현재고 미래다. 이는 탈무드를 보면 확실히 알 수 있다. 탈무드에는 오천 년 유대 민족의 역사와 삶, 지혜가 담겼기 때문이다.

그런데 놀라운 것은 탈무드는 과거 어느 순간에 쓰인 것이 아니라 역사가 진행되는 동안 그 시대에 맞게 쓰이고 수정되었다는 점이다. 이는 시대마다 그 시대에 맞는 삶의 지혜가 그대로 기록되었다는 것이다. 그러니까 탈무드는 현실을 반영하는 책이며 고정된 것이 아니라 언제나 현재 진행형이고 미래형이라는 것을 뜻한다.

탈무드의 관점에서 보면 어느 시대든지 유대인에게는 늘 현재다. 그래서 유대인은 모든 것을 현재적 관점에서 실행해 나가는 민족이다.

중용적 사고의 중요성

유대인은 오랜 세월 박해를 받으며 살다 보니, 극단적인 것을 매우 경계하게 되었다. 극단적으로 흐른다는 것은 죽기 아니면 살기라는, 양단 간의 결정이 따르는 위험한 것이기 때문이다.

만일 그들이 극단적인 삶을 선택했다면 오늘날 지구 상에 유대인은 존재하지 못했을 것이다. 왜냐하면 유대인은 가는 곳마다 핍박을 받았기 때문이다.

그러나 유대인은 지혜로운 민족이었으므로 고난과 시련을 극복하는 방법은, 현실을 잘 이해하는 중용적 사고라는 점을 알았다. 가령 어떤 일에 대해 한쪽으로 치우치는 것이 아니라, 이쪽과 저쪽이 잘 맞을 수 있는 것을 통해 하고자 하는 일을 해 나갔다. 그것은 일뿐만이 아니라 사람을 대하는 것도 마찬가지였다.

이런 중용적인 사고가 지독한 박해와 시련 속에서도 유대인들을 살아남게 했고, 유대인은 오늘날 그들의 우수한 민족성을 맘껏 펼쳐 보였던 것이다.

무엇이든 극단적으로 치우치는 것은 옳지 않다. 그것은 모 아니면 도라는 것을 규정지음으로 개가 되고 걸이 되고 윷이 되는 것을 막아 버리는 실수를 하게 한다.

윷놀이를 하다 보면 개가 나와 이길 수도 있고 걸이나 윷이 나와 상대방의 말을 잡을 수도 있는 것처럼, 중용적 사고는 극단적으로 치우치는 것을 막아 주는 처세술의 중요한 요소다.

성공한 사람들은 단지 뛰어난 재능만으로 성공한 것이 아니다. 사람 관계를 잘하는 처세술 또한 훌륭했다는 것을 알 수 있다. 처세술에 능한 사람은 대개가 극단적인 사고를 멀리하고, 중용적인 사고를 생활에 적용하는 능력이 뛰어나다.

중용적 사고는 극단적으로 치우쳐 발생할 수 있는 실수를 막아 주고, 인간관계나 일을 성공적으로 이끌어내는 중요한 삶의 요소다.

세상의 중심에 서라

유대인은 자신을 사랑하고 자신이 세계의 중심에 서길 원한다. 즉 자신만의 삶을 갖는 것이 중요하다고 믿는다. 이 말을 좀 더 덧붙인다면 자신을 완전하게 가꾸어 어느 곳에서든 주체가 되길 원한다는 것이다.

"인류가 시작되었을 때 인간은 죄를 짓지 않았기에 완전하였다. 그리고 세계의 종말이 오면 구세주가 와서 인간은 다시 완전함을 되찾는다. 그러나 그때가 되기까지 너는 완전할 수 없으며 네 이웃 역시 완전할 수 없다. 그러므로 완전하지 않다고 해서 자신을 잃으면 안 된다. 또 이웃이 완전하지 않다고 해서 멸시해도 안 된다."

이는 탈무드에 나오는 말이다.
이 말에서 보듯 사람은 애초 완전한 존재였지만 죄를 지음으로 불완전한 존재가 되었고, 종말이 와서 구세주가 오면 다시 완전한 존재가 된다는 것이다. 그러니까 불완전한 존재인 사람이 좀 더 완전해지려면, 자신을 사랑해야 한다는 것이다. 자신을 사랑하지 않으면 자신감도 떨어지게 되고, 그 때문에 더욱 불완전한 존재로 전락하고 마는 것이다.

세계 최고의 영화감독인 스티븐 스필버그는 어렸을 때부터 영화에 큰 관심을 보였다. 그는 이미 13세 때 아버지에게 400달러를 지원받아 단편 영화를 찍었을 정도다. 이때 그의 부모는 스필버그에게 공부나 하지 괜한 짓을 한다고 말하지 않았다. 자식이 원하니까 자식의 뜻에 맡긴 것이다. 특히 그의 어머니는 '안 돼'라는 말을 한 번도 하지 않았다. 언제나 아들을 믿었고 격려를 아끼지 않았다.

부모님의 절대적인 믿음과 격려에 힘입은 스필버그는 영화감독의 꿈을 펼치려고 할리우드를 수시로 찾아갔다. 자주 가다 보니 그곳 사람들이 그를 유니버설 스튜디오 직원으로 알 정도였다. 그러면서 스필버그는 영화 관계자들과 자연스럽게 알게 되었고, 마침내 그렇게도 바라던 꿈의 기회를 얻게 되었다. 그렇게 해서 만든 첫 번째 영화가 〈죠스〉다. 이 영화는 놀랄만한 흥행 기록을 세웠고, 그때 그는 고작 20대였다.

그의 대표 작품으로는 〈인디아나 존스〉〈쥐라기 공원〉〈칼라
퍼플〉〈E. T〉〈라이언 일병 구하기〉 등이 있다. 그는 만드는 영화
마다 크게 성공하여 세계 영화사에 살아 있는 전설이 되었다.

스티븐 스필버그!

그는 준비된 영화감독으로서 뛰어난 감각과 남다른 상상력
으로, 최고의 영화를 만든 이 시대 최고의 감독이다. 그러면 어
떻게 해야 스필버그처럼 자신 있게, 자신을 사랑할 수 있는 청소
년이 될 수 있을까.

그것은 사회에 꼭 필요한 사람이 되어야 하고, 그러려면 스
스로 가치 있는 사람이 되어야 한다. 가치 있는 사람이 되려면 많
은 노력이 따라야 한다.

다음의 일곱 가지 조건을 마음에 새기고 꾸준히 실천한다면,
분명히 가치 있는 사람이 될 수 있다. 그래서 훗날 어디서나 인정
받게 되고, 자신의 역량을 맘껏 펼쳐나감으로써 만족스러운 삶
을 살게 될 것이다.

스필버그의 성공 요소

※ 자신을 사랑하고 세상의 중심에 서는 꿈을 늘 가슴에 품고
　 있었다.

※ 준비된 미래의 영화감독인 만큼 재능이 매우 뛰어났다.

※ 자신만의 상상력과 창의력이 뛰어났다.

※ 한번 마음먹은 것은 반드시 실행에 옮겼다.

※ 좋은 작품을 보는 예리한 눈을 갖고 있었다.

※ 쇠붙이도 녹이는 강한 열정을 갖고 있었다.

※ 현실적이고 중용적으로 생각했다.

탈무드 경구 1

01 _ 지혜는 그것을 이용하려고 하는 자의 머리 위에 서만 반짝인다.

02 _ 울어도 눈물이 나오고 웃어도 눈물이 나온다. 그러나 웃어서 나오는 눈물은 눈이 빨개지는 법이 없다.

03 _ 휴일이 인간에게 주어진 것이지 인간이 휴일에 주어진 것은 아니다.

04 _ 인간은 자주 일손을 멈춤으로써 도리어 큰 것을 만들어 낸다.

05 _ 책은 읽는 것이 아니라 배우는 것이다.

06 _ 묻는 것은 배움의 첫 걸음이다.

07 _ 모르는 것을 묻지 않는 것은 쓸데없는 오만밖에 아무것도 아니다.

08 _ 가장 좋은 스승은 자기 자신이다.

09 _ 쇠를 벼리기 위해서는 쇠를 쓰고, 인간을 단련하

기 위해서는 인간을 쓴다.

*10*_칼을 갈 땐 또 다른 칼을 쓴다.

*11*_좋은 의견에는 주인이 없다.

*12*_돈은 악이 아니며 저주도 아니다. 돈은 사람을 축복하는 것이다.

*13*_남이 자기를 칭찬하여도 자기 입으로 자기를 칭찬하지 마라.

*14*_사람에게 상처를 주는 세 가지는 고뇌, 다툼, 빈 지갑이다. 그 중 빈 지갑이 사람에게 가장 큰 상처를 준다.

*15*_나무는 그 열매로 알려지고 사람은 일로 평가된다.

*16*_정직한 사람은 자기를 지배하지만 정직하지 않은 사람은 욕망에 지배당한다.

*17*_돈은 비료와 같다. 쓰지 않고 쌓아 두면 냄새가 난다.

*18*_항아리를 보지 말고 속에 들어 있는 것을 보라.

Chapter 2

_탈무드처럼 생각하라

07 풍부한 상상력을 길러라

상상력의 힘

유대인은 다른 민족에 비해 상상력이 월등히 뛰어나다. 유대인은 있는 그대로를 암기하거나 받아들이는 것보다는 사물의 이치를 이해하기 위해 상상력을 동원하고, 그 상상력과 자신의 생각을 비교해 어느 것이 더 나은 결과를 얻을지 생각해 본다. 그래서 더 나은 결과를 가져오는 쪽으로 자신의 생각을 맞추어 실행해 나간다.

이런 방법을 활용하면 사물에 대한 연상 작용을 이끌어 내게 되고, 연상 작용은 다양한 생각을 만들어 내며 서로 상호작용하게 된다. 이렇게 꾸준히 반복하면 풍부한 상상력이 길러진다.

이처럼 유대인은 철저하게 자신의 생각을 나타내어, 자신만의 뚜렷한 주관으로 공부한다. 이런 과정을 거쳐 청소년들이 어른이 되었을 땐 상당한 지적 수준을 갖추게 된다.

마르크 샤갈은 풍부한 상상력을 지닌 대표적인 유대인이다.

색채 마술사로 불리며 표현주의를 대표하는 에콜 드 파리 최고의 화가인 마르크 샤갈은 러시아 비테프스크에서 태어났다. 그는 1907년 페테르부르크에 가서 미술 학교에 다니고, 1910년 파리로 가 모딜리아니와 레제 등을 배출한 아틀리에 '라 뤼슈'에서 그림 공부를 하며 큐비즘 기법을 익혔다. 이후 1911년 앙데팡당전에 처음 출품하여 괴기하고 환상적인 화풍으로 전위파 화가와 시인들을 놀라게 했다.

그는 베를린에서 첫 개인전을 열어 성공한 뒤 화가로서의 명성을 얻었다. 그리고 1917년 러시아 혁명이 일어난 후엔 미술 단체 요직을 맡고, 고향에 미술 학교를 열었으며 1919년에는 모스크바 국립 유대극장의 벽화 장식을 담당하였다. 그러나 사회주의 리얼리즘과 맞지 않아 1922년에 다시 베를린으로 갔다. 그리고 1년 후 파리로 돌아왔다.

샤갈은 이때부터 판화에 관심을 갖고 에콜 드 파리의 유력한 작가로 주목받기 시작했다. 그는 환상적인 작품으로 초현실주의 미술에 큰 영향을 끼쳤다.

샤갈이 개성 넘치는 훌륭한 작품을 남긴 대화가가 될 수 있었던 것은, 상상력이 뛰어났기 때문이다. 그의 풍부한 상상력은 그만의 독창적인 화법을 만들어 냈다. 단순한 것 같으면서도 화려하고, 환상적인 색채는 보는 이들에게 감탄을 자아내게 했다.

탈무드에 보면 '시대가 새로워진 것이 아니라 우리가 새로 태어난 것이다'라는 말이 있다. 또한 '지혜는 그것을 이용하려고 하는 자의 머리 위에서만 반짝인다'는 말이 있다.

이 말의 의미는 새로운 시대에 자신을 맞춰가는 것이 아니라, 새로운 시대가 오도록 자신이 끌고 가야 한다는 것이다. 그리고 적극적으로 지혜를 활용해야 더 나은 지혜를 얻을 수 있다는 말이다.

우리 청소년들은 부단한 노력으로 다음의 세 가지 방법을 꾸준히 실천해야 한다. 하늘을 나는 상상은 인간에게 비행기를 만들게 했고, 우주를 탐사하는 상상은 우주선을 만들게 했다. 동력으로 움직이는 배를 상상한 것은 타이타닉보다 더 큰 배를 만들게 했다.

상상력을 기르는 법

※ 새로운 정보를 얻으려고 노력해야 한다. 신문과 뉴스를 보고, 폭넓은 독서를 해야 한다. 그 가운데 새로운 정보를 얻게 되고, 새로운 상상력이 길러진다.

※ 항상 생각하는 시간을 가져야 한다. 어떤 사물을 그냥 바라보지 말고 느끼고, 만져 보고, 생각하며 바라보아야 한다. 그러면 자신만의 상상을 하게 되고 자연스럽게 상상력을 기를 수 있다.

※ 상상하는 것을 즐겨야 한다. 상상한 것을 그림으로 그린다든지, 글로 쓴다든지, 만들어 본다든지, 이야기를 한다든지 해보라. 상상의 세계에서는 자신만의 생각을 맘껏 펼쳐보일 수 있다.

탈무드를 읽고 실천하라

탈무드를 읽다 보면 아, 하는 감탄사가 절로 나온다. 어떻게 이처럼 다양한 내용이 들어 있을까, 하며 감탄하게 된다.

탈무드에는 인간이 살아가는 데 필요한, 모든 정보가 들어 있다. 그래서 살아 있는 지혜의 대백과사전이라고 부른다.

유대인이 오늘날 세계적으로 명성을 드높이며, 성공적인 삶을 사는 힘의 원천은 탈무드에 있다.

유대인은 어린 시절부터 탈무드를 듣고 자란다. 탈무드를 들으며 자란 유대인 청소년들은 탈무드가 가르치는 대로 실천에 옮긴다. 탈무드의 가르침을 실천을 통해 경험하고 그것을 통해 지혜를 배운다. 어른이 되어서도, 계속 탈무드를 읽으며 살아가는 데 필요한 지혜를 기른다.

탈무드를 통해 얻은 그들의 지혜는 일방적인 학습을 통해 기른 단순한 지식이 아니기 때문에, 곧바로 실생활에 적용할 수 있다.

탈무드는 한창 꿈을 키우며 미래를 준비하는 청소년들에게 반드시 필요한 책이다. 아무리 공부가 바빠도 하루에 딱 10분만 투자하라. 딱딱한 공부로는 느낄 수 없는 유익한 이야기가 지혜와 꿈을 길러준다.

또한 탈무드에서 가르치는 대로 하나씩 실천해 보라. 실천하기는 쉽지 않지만, 꼭 참고 실천해 보면 재미도 느끼고, 서서히 달라지는 자신을 발견하게 될 것이다.

08 항상 긍정적으로 생각하라

긍정적인 생각

유대인이 긍정적인 생각을 갖게 된 것은 그들의 민족성에 있다. 오랫동안 유대인은 다른 민족으로부터 수많은 침략을 받았다. 그들의 역사는 시련과 고통으로 얼룩진 험난한 세월이었다. 그들은 고난의 역사를 통해 강인한 정신과 긍정적인 생각을 갖게 된 것이다.

경험은 가장 훌륭한 인생 교과서다. 좋은 경험이든 힘든 경험이든 피하지 말고 받아들여야 한다. 그래야 긍정적인 생각을 갖게 되고, 지금보다 더 발전할 수 있는 기회를 얻게 된다.

유대인의 최대 장점은 항상 무에서 출발했으나 언제나 유를 만들어 냈다는 것이다. 또한 그들은 다른 민족에게 집과 재산을 빼앗기는 등 온갖 시련을 당했지만, 결코 죽지 않고 오히려 더 강건한 민족이 되었다.

인간은 어떤 환경에서든 적응하며 살아왔다. 인간이 오늘날처럼 번성할 수 있었던 것은, 환경에 적응할 줄 아는 지혜와 긍정적인 생각을 가졌기 때문이다. 만약 그러지 못했다면 위기에 처할 때마다 멸망했을 것이다. 모든 것을 긍정적으로 생각하라. 긍정은 희망이다.

긍정적인 생각을 기르는 자세

※ 실패하더라도 실패로 생각하지 말아야 한다. 실패를 믿는 순간 실패의 걱정이 몸과 마음을 지배하게 된다. 실패 또한 성공을 위한 필수 요소다.

※ 언제나 내일이 온다는 사실을 잊지 말아야 한다. 지금 아무리 고통스러워도 내일은 반드시 온다.

※ 유대인은 아우슈비츠 강제 수용소 독가스실에서 죽어 가면

서도 절대로 희망을 버리지 않았다. 같은 상황에서도 희망을 믿으면 희망이 되고, 절망을 믿으면 절망이 된다.

※ 내가 존재하는 이유는 내가 해야 할 일을 하기 위해서라고 믿어라. 그러면 자신이 소중한 존재인 것을 알게 된다.

※ 불가능은 없다고 믿어야 한다. 불가능을 믿는 순간 가능은 사라지고 만다.

※ 비관적 생각을 버려야 한다. 낙관은 꿈을 주지만 비관은 고통을 준다.

이상은 언제나 새로운 꿈을 꾸게 한다

이상이 있는 사람의 눈은 별보다 더 초롱초롱 반짝인다. 어떤 상황이 닥쳐도 자세를 흐트러뜨리지 않으려고 한다. 그래서 이상이 있는 사람은 언제나 해처럼 빛난다.

유대인은 언제나 꿈을 잃지 않았다. 그들은 세상은 어떻게 하든 계속 발전해 나갈 것으로 믿었다.

현실에 너무 집착하다 보면 이상을 소홀히 여길 수 있다. 그래서 현실에 만족하는 사람은 더 나은 내일을 향해 나아갈 수 없다.

쿠바 혁명을 이끈 아르헨티나 출신 혁명가 체 게바라는 아르헨티나 로사리오에서 태어났다. 몸이 약했던 그는 부모의 정성 어린 보살핌으로 건강해졌고, 의사가 되기로 결심했다.

그는 마음씨가 따뜻해 배고픈 친구들에게 먹을 것과 입을 것을 나눠줄 만큼 인정이 많았다.

그런 그가 한 가지 의문을 품게 되었다. 그것은 왜 누구는 잘 살고 누구는 못사는가, 하는 의문이었다. 그는 이런 의문을 간직한 채 의학 공부를 하고 의학 박사가 되었지만 앞날이 보장된 의사를 포기했다. 그는 혁명만이 가난한 라틴 아메리카의 사회적 불평등을 없앨 수 있다고 믿고, 쿠바 혁명 지도자인 피델 카스트로와 합류하여 쿠바 혁명을 위해 목숨을 걸고 싸웠다. 그리고 새로운 쿠바를 탄생시키는 데 큰 공을 세웠다.

체 게바라는 여기에 만족하지 않고 볼리비아 반정부군을 도와, 혁명 전선에서 싸우다 안타깝게도 볼리비아 정부군에게 잡혀 목숨을 잃었다. 그때 그의 나이 불과 39세였다.

부유한 삶이 보장 된 의사라는 직함을 과감히 버리고, 가난하고 억압받는 자들을 위해 아낌없는 열정을 바쳤던 체 게바라는 20세기의 자유와 평화를 위해 뜨겁게 살았던 영원한 혁명가였다.

그렇다면 무엇이 체 게바라를 열정의 혁명가로 변화시킨 것일까?

그것은 그의 가슴에 품은 푸른 이상 때문이었다.

이상은 보이지 않는 미래를 향해 달려가게 하는 꿈의 에너지며, 앞을 향해 나아가게 하는 마음의 추진력이다. 또한 이상은 시들지 않은 꽃과 같고 튼튼하게 뿌리내린 거목과 같다. 그래서 이상을 가진 사람은 어떤 시련과 좌절에도 쉽게 꺾이지 않고, 계속해서 앞을 향해 나아가는 것이다.

유대인은 지금도 늘 새로운 이상을 꿈꾸며 살고 있다. 그들은 고여 있는 생각, 현실에 머무는 삶을 죽도록 싫어한다. 이상은 유대인을 늘 푸르게 빛나는 존재로 거듭나게 하는 힘이다. 유대인의 삶은 이미 검증되었다. 성공적으로 검증된 삶을 배운다는 것은 그만큼 발전할 가능성이 많다는 것이다. 성공적인 인생을 살고 싶다면 이상을 품어야 한다. 그리고 이상을 향해 흔들리지 말고 힘차게 앞으로 나아가야 한다.

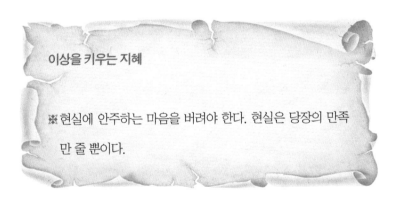

이상을 키우는 지혜

※ 현실에 안주하는 마음을 버려야 한다. 현실은 당장의 만족만 줄 뿐이다.

※ 언제나 자신의 꿈이 식지 않도록 철저하게 자신을 관리해야 한다.

※ 유대인이 시오니즘(전 세계에 흩어져 살던 유대인들이 고국으로 돌아가기 위해 벌인 운동)을 가슴에 품고 이스라엘을 건국했듯이, 자신만의 이상을 실현시키기 위해 노력해야 한다.

※ 게을러지지 않도록 노력해야 한다. 이상은 게으른 사람을 싫어한다. 게으름은 이상의 적이다.

※ 신념을 가져야 한다. 이상은 신념이 강한 사람을 좋아한다. 신념은 이상을 강하게 만드는 힘이다.

09 자유로운 사고를 존중하라

자유로운 사고를 존중하라

고정된 생각은 변화를 싫어하고, 항상 같은 생각에 머문다. 사람들은 마치 그 생각이 불변의 진리인양 여긴다. 이런 생각이 새로운 생각의 발목을 잡는다. 고정된 생각을 가진 사람은 발전이 없다. 늘 그 자리에 머물고 만다.

지금보다 나은 자신이 되기 위해서는 지금이란 자리를 넘어가야 한다. 가령, 내가 목표로 하는 것이 강을 건너고 산을 넘어야 한다면 강을 건너고 산을 넘어야 한다는 말이다. 생각만 가지고는 강을 건너고 산을 넘을 수 없다. 강이 두려워서, 산을 넘기가 힘들어서 주저한다면 자신이 원하는 것을 손에 넣을 수 없다.

마르셀 프루스트는 '진정 무엇인가를 발견하는 여행은 새로운 풍경을 바라보는 것이 아니라 새로운 눈을 가지는 데 있다'고 말했다. 이 말은 무엇을 발견하기 위해서는 보는 것으로 끝나는 것이 아니라, 본 것을 통해 새로운 눈 즉 새로운 생각을 가져야 한다는 것이다.

사람은 누구나 보고 즐길 줄 안다. 하지만 느끼고 생각하는 것은 다르다. 그것은 그런 마음의 바탕이 되어있지 않으면 안 된다.

레이노다는 '변화를 유도하면 리더가 되고, 변화를 받아들이면 생존자가 되지만, 변화를 거부하면 죽음을 맞게 될 뿐이다'라고 말했다. 이 말은 변화의 중요성을 강조하고 있다. 새로운 것을 얻기 위해서는 반드시 변화해야 한다는 것이다.

마르셀 프루스트나 레이노다의 말은 표현 방식만 다를 뿐 새로운 것을 찾기 위해서는 새로운 눈을 가져야 하고, 새롭게 변화해야 한다는 똑같은 의미다. 새로운 눈을 갖는 것과 변화는 자유로운 사고와 무슨 관계가 있을까.

새롭게 변화하기 위해서는 자유로운 사고가 반드시 필요하다. 생각이 자유롭지 못하면 새로운 생각을 하거나 새롭게 변화하는 데 걸림돌이 된다. 왜냐하면 고정된 생각으로 바라보려는 습성을 버리지 못하기 때문이다.

유대인의 강점은 바로 자유로운 사고를 가진 것이다. 그들은 둘만 모이면 자신의 생각을 주고받으며 새로운 생각을 만들어 낸다. 그리고 그 생각들이 모여 더 큰 새로운 생각을 만들어 내고, 그것은 곧 새로운 발명이 되고 문화가 되고 문명이 되었다.

자유로운 생각 속엔 항상 싱싱한 변화의 에너지가 들어 있다. 싱싱한 변화의 에너지가 지금을 바꾸고 변화를 유도하고 세상을 바꾸는 것이다.

자유로운 사고를 기르는 비결

※ 새 술은 새 부대에 담아야 한다. 낡은 생각과 고정된 틀을 버려야 한다. 낡은 생각, 고정된 틀은 발전을 가로막는 낡은 관습과 같다.

※ 현실에 절대 안주해서는 안 된다. 안주하는 순간 그대로 주저앉고 만다. 안주는 변화를 가로막는 나쁜 적이다.

※ 새로운 생각을 기르기 위해서는 책을 읽고, 정보를 수집하고, 새로운 생각을 가진 사람들의 말을 귀담아 들어야 한다. 그들과 교류하며 자신의 생각과 능력을 길러야 한다.

※상상력을 키워야 한다. 상상의 세계는 비현실적이지만 지금 우리가 누리고 사는 모든 문명의 혜택은, 상상을 통해 이루어졌다.

극단적인 결정은 피하라

무슨 일을 결정할 때 감정에 치우치는 경우가 종종 있다. 감정에 치우치다 보면 감정의 늪에 휘말려 극단적인 결정을 하게 된다. 극단적인 결정은 자신이나 상대방에게 좋지 않은 영향을 준다. 특히 자신에겐 더 나쁜 영향을 끼치게 된다.

이런 경우를 잘 아는 유대인들은 극단적인 것은 피한다. 가령 돈 받을 사람이 있다고 했을 때 상대방 형편이 어려워 돈을 갚지 못할 땐 그 사람이 돈을 다 갚을 때까지 그를 비난하거나 욕하지 않는다. 그들은 돈만 받으면 그만이라고 생각한다. 그래야 나중에 그 사람과 더 좋은 관계가 될 수 있다는 게 그들의 생각이다.

만일 그 사람을 협박하고, 헐뜯고 비난한다면 빚을 다 갚았을 땐 원수가 될 수도 있다. 유대인들은 늘 멀리 내다보며 사람과의 관계를 맺고 유지해 나간다.

그런데 사람들은 이런 경우 상대방을 비난하고 협박하며 돈을 받아 내기 위해 혈안이 된다. 그리고 빚을 다 갚고 나면 원수처럼 지내는 경우가 많다.

극단적인 결정은 매우 위험한 생각이다. 남에게 아픔을 주고 평생 지울 수 없는 마음의 상처를 남긴다.

유대인은 온갖 설움과 핍박을 받으며 살았지만 남을 미워하거나 원망하지 않는다. 과거는 잊지 않되 그것으로 인해 현실을 망각하지는 않는다. 유대인은 매우 이성적이고 현실적이다.

유대인이 모든 분야에서 세계적으로 두각을 나타내며 승승장구 하는 것은 바로 자유로운 사고를 존중하고 극단적인 결정을 피할 줄 아는 현명함에 있다.

개개인이 한 인격체로 살아가는 데 있어, 청소년 시기는 아주 중요하다. 청소년 시기를 어떻게 보내느냐에 따라 어른이 되었을 때 확연한 결과가 나타나게 된다. 청소년 시기를 알차게 잘 보내면 알찬 결과를 맞게 되고, 게으르고 무질서하게 보내면 남에게 뒤처지는 결과를 맞게 된다. 그래서 청소년 시기를 잘 보내야 한다는 것이다.

자신의 꿈을 이루고 원하는 삶을 살기 위해서는 극단적인 결정은 피하고 유연한 사고를 길러야 한다.

10 자신만의 개성을 길러라

진보적인 생각이 필요한 이유

유대인은 진보적인 생각을 가졌다. 그들은 세계는 항상 변한다고 생각한다. 유대인이 그렇게 생각하는 것은 세계가 완성되지 않았다고 믿기 때문이다. 세계는 항상 진보하고 인간은 그 주체가 되어야 한다는 게 유대인의 생각이다. 그리고 그 주체의 중심은 바로 자신들이라는 것이다. 그래서일까, 유대인 중엔 유난히 개혁적인 사람들이 많다.

긍정적이고 낙관적인 그들의 생각은 어떤 일이든, 자신들이 의도하는 대로 실행시켰다. 그리고 그 결과는 언제나 성공적이었다. 진보적인 생각은 유대인들에게 있어 빛과 같은 것이다. 빛이 어둠을 밝혀주듯 진보적인 생각은 그들이 고난을 겪을 때마다 빛이 되어 주었다.

유대인들이 그랬듯이 진보적인 생각은 꿈을 향해 달려가는, 우리의 청소년들이 반드시 길러야 할 마음가짐이다.

마르크스는 대표적인 진보주의 유대인이다. 공산주의 창시자인 그는 프로이센의 라인 주 트로이에서 태어났다. 그는 유대인 변호사인 아버지 덕에 비교적 풍족하게 살았다. 그리고 베를린의 여러 대학에서 법학, 역사, 철학을 배웠다.

그는 1842년 '라인 신문' 주필이 되었고, 1844년 〈유대인 문제〉〈헤겔 법철학 비판〉을 발표하여 프롤레타리아 해방의 혁명적인 입장을 분명히 했다.

마르크스는 엥겔스와 친교를 맺고 부르주아적 사회주의 비판을 통하여 과학적 사회주의 확립을 위해 노력했다. 그리고 1845년 《독일 이데올로기》를 쓰고, 1848년 엥겔스와 공동으로 《공산당 선언》을 집필하였다. 그는 또 1859년 《정치 경제학 비판》을 저술하고, 1864년 '국제노동자 협회'를 창설하였다.

마르크스 학설은 독일의 고전 철학, 영국의 고전 경제학, 프랑스의 사회사상을 기본으로 비판하고 종합하여 이룩된 것이다.

그는 사적 유물론을 확립, 이 방법으로 경제학과 사회주의를 지향하는 노동 계급의 계급 투쟁 이론 및 전술을 확립하였다.

마르크스가 인류사에 영원히 이름을 남길 수 있었던 것은 그가 진보적인 생각을 가졌기 때문이다. 그가 내세운 공산주의 이론은 매우 새롭고 혁명적인 학설이었다. 세계는 그의 새로운 학설에 깊은 관심을 보였고, 그의 학설은 세계 정치계에 큰 영향을 끼치며 흐름을 바꾸어 놓았다.

유대인이 개혁적인 성향을 갖게 된 이유는 무엇일까?

첫째, 유대인은 낙관적이고 긍정적인 민족성을 가졌다. 그런 생각은 한 곳에 머무는 사고를 과감하게 깨뜨려 버리고, 새로운 것을 향해 나아가게 하는 것이다.

둘째, 유대인은 타민족으로부터 자유를 구속당하는 불우한 환경 속에서 살아왔다. 게토라는 유대인 구역에서 우리 안에 갇힌 짐승처럼 살아야만 했는데, 그런 악순환을 끊어 버리기 위해 개혁주의를 택할 수밖에 없었다.

셋째, 유대인은 끊임없이 노력하고 진보해야 한다는 생각을 가졌다. 왜냐하면 그것이 탈무드의 가르침이었기 때문이다.

이 세 가지가 유대인에게 개혁적인 성향을 갖게 했다. 하지만 이렇게 실천한다는 것은 쉬운 일이 아니다. 때에 따라서는 고통이 따르고 시련과 역경이 따르는 일이다.

그러나 유대인은 실행에 옮겼고 그 과정에서 수난을 당하고 수많은 죽임을 당했다. 그런데도 유대인은 실행을 멈추지 않았다. 그것을 멈추는 것은 스스로에 대한 모독이라고 여겼기 때문이다. 이처럼 철저한 신념은 그들을 죽음의 골짜기에서도 살아남게 했고, 무에서 유를 창조하게 했다.

자신만의 개성을 길러라

유대인은 개성이 강한 민족이다. 그들의 개성이 강할 수밖에 없는 것은 그들이 어렸을 때부터 탈무드의 가르침에 따라 개성적인 생각을 갖도록 교육 받았기 때문이다.

개성적인 생각은 진보적인 사고에서 온다. 진보적인 사고 없이 남과 다른 이상을 품을 수 없다. 남보다 특별한 개성을 가진 사람들의 공통점은 생각이 깨어 있고, 자유로운 사고를 가지고 있다는 것이다. 그래서 유대인의 개성 지수는 그 어느 민족보다도 월등히 높다.

개성적인 사람은 누구나 생각하는 보편적인 것은 잘 하지 않는다. 좀 더 다른 무언가를 생각하고 그 일에 집중력을 쏟는다. 하지만 개성적이지 못한 사람은 모두가 생각할 수 있는, 지극히

보편적인 것에서 무언가를 이루려고 한다.

남과 다른 무언가를 이루고 싶다면 누구나 생각하는 것으로부터 벗어나야 한다는 것이다. 누구나 다 하는 것은 아무리 최선을 다해 봤자 별로 돋보이지 않지만, 개성적인 것은 조금만 노력해도 돋보인다. 돋보인다는 것은 그만큼 자신의 능력을 타인에게 보여 줄 수 있다는 것이다.

우리는 개성이 넘쳐 나는 시대에 살고 있다. 이런 시대에 우리 청소년들이 잘 살아가기 위해서는 자신만의 개성을 길러야 한다. 자신만의 개성을 기르지 못한다면 보편적인 삶에서 벗어날 수 없다.

자신만의 개성을 살리지 못하면 평범한 삶을 살아갈 수밖에 없다. 청소년들이 어른이 되어 사회로부터 인정받고 자신이 원하는 삶을 살아가고 싶다면 반드시 자신만의 개성을 길러야 한다.

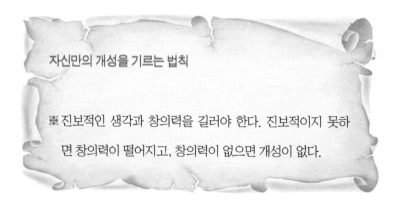

자신만의 개성을 기르는 법칙

※ 진보적인 생각과 창의력을 길러야 한다. 진보적이지 못하면 창의력이 떨어지고, 창의력이 없으면 개성이 없다.

※ 항상 긍정적으로 생각하고 행동해야 한다.

※ 타인에게서 무엇을 얻으려 하지 말고, 자신이 직접 시도함으로써 깨달음을 얻어야 한다. 무엇이든 직접 시도하고 직접 느껴야 한다.

※ 자신의 적성에 맞는 공부를 해야 한다. 자신에게 잘 맞는 공부를 함으로써 자신만의 개성을 찾아낼 수 있다.

11 평등한 인간관계의 중요성

평등한 인간관계란 무엇일까?

유대인은 평등한 인간관계를 매우 중요하게 여긴다. 평등한 것이 인간다운 삶이라고 믿기 때문이다. 평등이란 타인과 나를 동일시하는 것을 말한다. 하지만 평등한 인간관계를 실천한다는 것은 쉬운 일이 아니다. 왜냐하면 내가 남보다 더 낫기를 바라고, 더 잘났으면 하고 생각하는 것이 보통 사람들의 마음이기 때문이다. 그러나 삶이란 나만 잘나서 잘사는 것은 아니다. 나와 함께 하는 모든 사람이 평등한 관계로 맺어져, 서로 협력하고 도와줄 때 비로소 모든 것이 함께 조화를 이루어 내는 것이다.

아래의 여섯 가지를 실천할 수 있어야 평등한 인간관계를 가질 수 있다. 청소년들이 평등한 인간관계를 맺을 때 행복하게 살 수 있다.

평등한 인간관계를 맺는 법

※ 자신을 사랑하고 소중히 여겨야 한다. 자신을 소중히 여기는 마음이 남도 소중히 여기게 한다.

※ 자기를 폄하해서는 안 된다. 폄하는 겸손이 아니라 자신을 깎아내리는 행위다.

※ 남들이 실수를 하더라도 너그러이 바라보는 자세를 가져야 한다. 실수는 누구나 할 수 있다.

※ 삶의 모든 것을 자연스럽게 받아들이는 자세를 가져야 한다. 그런 자세는 너그러운 마음을 갖게 한다.

※ 평등한 관계 맺음은 인간의 근본이다. 이런 생각을 가짐으로 자연스럽게 평등한 인간관계를 갖게 되는 것이다.

※ 권위주의를 떨쳐 버려야 한다. 권위주의를 품고 평등한 인간관계를 맺는다는 것은 불가능한 일이다.

평등한 인간관계의 중요성

사람은 누구나 평등한 존재라고 믿고 그렇게 실천할 때 성공할 확률이 높다. 하지만 자신이 우위에 있다고 거드름을 피우거나 우쭐거리는 것은 상대방에게 나쁜 선입견을 주게 된다. 나쁜 선입견은 상대방의 뇌리에서 쉽게 사라지지 않는다. 그런 사람을 좋아하고 믿고 따르는 사람은 없다.

이스라엘 역사를 거슬러 올라가면 요셉이란 사람이 있다. 그는 타국인 이집트의 총리 자리까지 오른 뛰어난 인물이다. 그는 성품이 온화하고 매우 지혜로운 사람이었다. 막강한 권력을 손에 쥐었지만 결코 권력을 함부로 휘두르지 않았다.

그리고 자신을 버린 형들에게 그 어떤 보복도 하지 않았다. 그는 누구에게나 겸손했고 자신의 권위를 내세우지도 않았다. 그는 사람은 누구나 평등하고 존귀한 존재라 생각하고, 그대로 실천함으로써 이스라엘 역사에 중요한 인물이 되었다.

요셉의 경우처럼 유대인은 만들어진 권위를 좋아하지 않는다. 사람들이 권위를 내세우는 사람을 좋아하지 않는 것은, 내가 상대로부터 지배를 받는다고 생각하기 때문이다. 권위는 나와 너의 관계를 수평이 아니라 수직 관계로 여기게 한다.

이런 관계에서는 절대로 평등한 관계가 이루어지지 않는다. 유대인들은 이를 너무나 잘 알기에 상대방을 지배하려고 하지 않았다. 다만 상대방을 자신과 같은 인격체로 대했다.

그러다 보니 상대방과 유대 관계가 자연스럽게 이루어졌고 이런 자연스러움이 유대인을 하나로 만드는 데 큰 영향을 끼쳤던 것이다.

역사적으로 볼 때 지나치게 권위를 내세운 사람들은 불행한 종말을 맞을 수밖에 없었다. 만들어진 권위로 상대방의 자유를 빼앗고, 자신이 원하는 것을 얻기 위해 상대방을 함부로 대했으니 당연히 원성을 살 수밖에 없었던 것이다.

또한 지나친 권위는 창의력을 끌어내리고 상상력을 제한시킨다. 창의력과 권위는 상반된 관계에 놓여 있어, 권위가 크게 작용할수록 창의력은 떨어지고 권위가 약할수록 창의력은 올라간다.

유대인들이 모든 분야에서 성공적인 삶을 사는 것은, 권위를 부정하고 창의력을 발휘하여 숨은 재능을 활짝 꽃피웠기 때문이다.

창의적인 삶을 살기 위해서는 권위를 버려야 한다. 그리고 자연스러운 인간관계를 유지해야 한다. 평등한 인간관계는 자연스러운 관계를 맺게 하고, 성공적인 결과를 이끌어 내는 성공 요소다.

12 이기는 습관

시련은 승리의 어머니다

유대인은 웬만한 시련과 고난은 장애물로 여기지도 않는다. 그들은 어떤 민족보다도 강한 정신력을 갖고 있는데, 그것은 오랜 세월 외세로부터 받은 침략과 노예 생활 등 수많은 시련을 겪으면서 길러진 민족성 때문이다.

유대인은 시련이 클수록 더욱 강한 끈기와 용기를 발휘하여, 그 어떤 고난도 슬기롭게 극복하여 승리로 이끌어 낸다.

마치 활활 타오르는 불길에 담금질이 되어 단단하게 벼린 칼이 되듯, 그들은 시련과 역경 속에서 강한 민족이 되었던 것이다.

시련과 고난은 유대인들에게 아픔을 주었지만, 그들은 시련과 고난을 승리의 원동력으로 삼았다.

미국의 정치가로 유명한 헨리 키신저는 유대인계 이민자로 1943년 미국에 귀화하여, 하버드대학을 졸업하고 제2차 세계 대전에 참전하였다.

그리고 1969년 닉슨 대통령에게 발탁되어 안보 담당 특별 보좌관에 임명되었고, 세계 여러 분쟁 지역을 다니며 활발한 활동을 펼쳐 외교의 달인이란 별칭이 붙은 탁월한 외교 행정가다.

그는 1973년 외교를 통해 베트남 전쟁을 끝내게 하여 지겨운 전쟁에 종지부를 찍게 했다. 그 후 국무장관으로 발탁되어 세계 평화에 기여한 공로로 노벨 평화상을 수상하였다.

헨리 키신저가 미국에서 크게 성공할 수 있었던 것은 어떤 상황에서도 두려워하지 않는 강인한 정신력을 가졌기 때문이다.

그는 낯선 미국에서 살아남기 위해 온갖 고생을 겪었지만, 늘 긍정적으로 생활하였다. 공부만이 그가 살 수 있는 유일한 길이었기에 어떤 시련이 닥쳐도 그에겐 아무것도 아니었다.

키신저는 마음이 약해질 때마다 자신을 채찍질하며 최선을 다한 끝에 미국의 국무장관에 오른 인물이 되었다. 시련과 역경이 오히려 그에겐 꿈을 이루는 힘이 되어 주었던 것이다.

미국으로 망명한 유대인으로서 성공한 또 한 사람인 마이클 블루멘탈 역시 히틀러에게 쫓겨나 중국 상하이로 갔다가 다시 미국으로 갔다. 미국에 도착했을 때 그의 주머니엔 아무것도 없었다. 하지만 그는 당황하거나 두려워하지 않았다. 그에겐 꿈이 있었고 그 꿈을 이루기 위해서는 무슨 일이든 할 각오가 되어 있었다.

그는 자신에게 주어진 시련과 역경을 극복하며, 열심히 노력한 끝에 미국의 재무장관이 되었다. 블루멘탈의 성공 비결 또한 시련을 두려워하지 않는 강인한 정신력에 있었다.

강한 정신력은 절망 중에서도 희망을 갖게 하고, 불가능한 일에서도 가능성을 바라보게 한다. 키신저와 블루멘탈이 빈털터리로 미국에서 성공할 수 있었던 것은, 시련을 뛰어넘는 용기와 의지에 있다.

똑같이 주어진 환경 속에서 어떤 사람은 승리자가 되고, 또 다른 어떤 사람은 실패자로 전락한다.

인생의 승리자가 되려면 유대인의 강한 정신력을 배워야 한다. 그리고 아무리 고통스러운 시련이 주어져도 두려워하지 말고 꾸준히 밀고 나가야 한다. 그것이 유대인의 성공 비결이다.

진정으로 강한 사람

진실로 강한 사람은 남을 이기는 자가 아니라 자신을 이기는 사람이다. 사람은 누구나 상대방의 허점은 잘 보고 지적하지만, 자신의 허점은 알아도 그냥 넘어가려고 하는 습성이 있다.

유대인은 자신을 이기는 일에 매우 익숙하다. 그들은 자신을 이기지 못하면 아무것도 할 수 없는, 쓸모없는 사람이라고 자책한다. 이처럼 강한 근성이 유대인을 강한 민족으로 만든 것이다.

지휘자이자 피아니스트인 바렌보임은 1942년 아르헨티나에서 태어났다. 부모가 모두 피아니스트여서 어린 시절 신동이란 소리를 들을 만큼 음악적 재능이 뛰어났다. 그는 7살 때 베토벤 프로그램으로 독주회를 열어 천재적 가능성을 보여주었다.

바렌보임은 이스라엘로 이주하였고, 10세 때 이스라엘 재단 장학금으로 오스트리아 잘츠부르크 모차르테움 음악원에 입학해 피아니스트의 꿈을 키워 나갔다. 그는 이곳에서 피아니스트 에드윈 피셔에게 피아노를 배움과 동시에, 당대 최고의 지휘자로 손꼽히는 이고르 마르케비치로부터 지휘법을 배웠다. 그 후 마에스트로 푸르트벵글러에게 인정받아 솔리스트로 기용되어 음악인들을 놀라게 했다.

그는 1957년에는 레오폴드 스토코프스키가 지휘하는 '심포니 오브 디 에어'와의 협연을 통해, 정식으로 미국 음악 무대에 데뷔하여 많은 사람들로부터 찬사를 받았다.

바렌보임이 지휘자와 피아니스트로 성공할 수 있었던 것은 그가 천재적 재능을 갖고 있기도 했지만, 그보다는 자신과의 싸움에서 이겼기 때문이다. 그는 경제적으로 어렵고, 때때로 견딜 수 없을 만큼 힘든 일을 겪었다. 하지만 그는 절대 포기하거나 물러서지 않고 시련과 맞서 싸웠다. 그 또한 유대인의 피가 흐르는 사람이었다. 그는 유대인 특유의 강한 근성으로 자신을 이겨 냈고, 마침내 세계적인 마에스트로가 된 것이다.

자신을 이겨 낸다는 것은 참으로 어렵고 힘든 일이지만, 자신을 이겨 내야만 꿈을 이룰 수 있다. 자신을 이기는 것은 결국 모두를 이기는 것이다.

사람은 누구나 강해질 수 있고 자신을 이겨 낼 수 있다. 그렇게 하지 못한다면 그것은 오직 자신의 의지가 약하기 때문이다.

우리는 굳은 의지와 신념을 갖고 유대인의 이기는 습관을 배워야 한다.

자신을 이기는 방법

※ 자신과의 약속을 철저히 지켜야 한다. 자신과의 약속을 잘 지키는 사람이 자신에게 강한 사람이다.

※ 무슨 일이든 최선을 다해야 한다. 최선을 다하는 자세가 자신을 강하게 만든다.

※ 자신의 허점을 감추지 말아야 한다. 허점을 감추는 사람은 절대로 강해질 수 없다.

※ 아홉 번 쓰러지면 열 번 일어나야 한다. 끈질긴 도전 정신이 자신을 강하게 만든다.

※ 항상 긍정적인 말과 행동을 해야 한다. 모든 일에 긍정적으로 생각하면 자신을 강하게 변화시킬 수 있다.

13 친화적인 마인드를 길러라

한마디 말도 신중하게 하라

유대인은 말을 할 때 매우 신중하게, 조심스럽게 한다. 잘
못된 말 한마디가 일순간 공든 탑을 와르르 무너뜨린다는 것을
잘 알기 때문이다.

잘못된 말 한마디는 원자 폭탄 몇십 개의 위력보다 더 강력
한 힘을 가지고 있다. 그만큼 말의 폭발력은 매우 강하다. 말은
가려서 해야 하고, 같은 말도 지혜롭게 해야 떡이 되어 돌아오는
법이다.

말을 조심해서 해야 함을 알려 주는 두 가지 이야기가 있다.

첫 번째 이야기

어떤 장사꾼이 있었다. 이 장사꾼은 시내 구석구석을 누비며 큰소리로 외쳤다.

「참된 삶의 방법을 알고 싶은 사람 없습니까? 나는 진실한 삶의 방법을 알고 있습니다. 진실한 삶의 방법을 들을 분은 다 내게로 오시오!」

장사꾼이 그럴듯한 말을 하자 여기저기서 사람들이 몰려들기 시작했다.

「참된 삶의 방법을 알려 준다고? 그게 과연 뭘까?」

「글쎄. 우리 한번 들어나 보자고.」

「그래. 그러자고.」

사람들은 저마다 한마디씩 하며 호기심 어린 눈으로 장사꾼을 쳐다보았다. 그 가운데는 훌륭한 지혜를 갖고 있는 랍비도 여러 명 있었다. 랍비들도 그 장사꾼이 과연 무슨 말을 하는지 귀를 곤두세우고 똑바로 쳐다보았다. 장사꾼 주위는 어느새 사람들로 가득했다.

「여러분! 이렇게 모여 주셔서 감사합니다. 여러분도 참된 삶의 방법을 알고 싶은 거로군요.」

장사꾼은 얼굴에 함박웃음을 지으며 말했다.

「어서 그 방법에 대해 말해 보십시오!」

「그래요. 우린 바쁜 사람이오. 어서 말해 보시오. 그 비결이 무엇인지!」

사람들은 웅성거리며 기대에 찬 얼굴로 어서 말하라며 재촉하였다.

「그렇게 하지요. 삶을 참되게 사는 방법은 자신의 혀를 함부로 사용하지 않는 것이오.」

장사꾼이 이렇게 말하자 어떤 사람들은 고개를 끄덕이며 말했다.

「그래, 옳은 말이야. 혀란 잘 사용하면 금은보화보다도 귀하지만 잘못 사용하면 독약보다도 나쁜 것이지.」

하지만 또 어떤 사람들은 별게 아니라는 듯 못마땅한 표정으로 장사꾼을 쳐다보며 말했다.

「치, 난 또 무슨 대단한 비밀이라도 말하는 줄 알았잖아. 원 싱거운 사람 같으니라고.」

두 번째 이야기

어느 날 한 랍비가 하인에게 아무리 비싸더라도 가장 맛있는 음식을 사오라고 시켰다.

「주인님, 어떤 것이라도 상관이 없습니까?」

「그래. 그러니 맛만 있으면 된다. 맛있는 걸로 사 오너라.」

「네, 알겠습니다.」

하인은 시장으로 부리나케 갔다. 그리고 무엇을 살까 이리저리 궁리하다 혀를 사 가지고 돌아왔다.

「주인님, 여기 있습니다.」

하인은 혀를 내놓으며 말했다.

「오, 그래. 네가 사온 것이 혀란 말이냐?」

「네, 주인님.」

「오냐, 수고했다.」

이틀 뒤 랍비는 또 하인에게 심부름을 시켰다.

「오늘은 맛이 없더라도 값싼 것을 사 오너라.」

「네, 주인님.」

하인은 이번에도 이리저리 궁리하다 혀를 사 가지고 왔다. 랍비는 하인을 넌지시 바라보며 말했다.

「너는 내가 비싸더라도 맛있는 음식을 사 오라고 했을 때도 혀를 사 왔고, 맛은 상관없으니 값싼 음식을 사 오라고 해도 혀를 사 가지고 왔으니, 대체 그 까닭이 무엇이냐?」

「혀가 좋을 때는 한없이 좋지만, 나쁠 때는 그보다 더 나쁜 것이 없기 때문입니다.」

하인은 주저 없이 자신의 생각을 말했다. 그러자 랍비는 고개를 끄덕이며 말했다.

「오, 그래. 그럴 수도 있겠구나. 과연 현명한 생각이로구나.」

주인의 칭찬에 하인은 활짝 웃었다.

이는 탈무드에 나오는 이야기다. 혀는 신체에서 작은 기관에 불과하지만, 사람의 생각을 말하게 하고 상대방과 말을 주고받게 하는 역할을 한다. 혀가 없으면 말하고 싶어도 말할 수가 없다. 이는 혀가 사람에게 그만큼 중요하다는 것이다.

요즘 청소년들의 말을 들어 보면 그들이 하는 말 중 반 이상이 욕설이라는 것을 알 수 있다. 언젠가 길을 가다 깜짝 놀란 적이 있다. 너무도 예쁘게 생긴 여중생이 친한 친구와 통화하고 있었는데 그 예쁜 입에서 거친 말이 쉼 없이 쏟아져 나왔다. 더 놀란 것은 내가 옆에 있는데도 전혀 의식하지 않았다는 것이다.

그런데 사실 이런 현상은 그 아이만이 아니라 우리나라 청소년 모두에게 나타난다.

사람에게 말은 아주 중요하다. 말은 잘하면 천 냥 빚도 갚지만, 잘못하면 목숨까지 잃을 수도 있다. 말을 조심해서 하는 청소년들이 되어야 한다.

친화적인 마인드를 길러라

말을 잘하는 사람은 상대방에게 믿음과 기쁨을 준다. 말을 잘하는 사람은 사교적이고 친화적인 생각을 갖고 있기 때문이다. 그래서 말 잘하는 사람이 상대방에게 좋은 이미지를 심어 주고, 자신의 일을 성공시키는 확률이 높다. 말을 잘하는 사람을 싫어할 사람은 없다.

탁월한 자기 계발 전문가인 데일 카네기에 얽힌 유명한 이야기가 있다. 그가 어느 모임에 갔을 때 일이다. 그곳에는 저명한 식물학자가 있었는데 카네기는 그와 같은 자리에 앉게 되었다. 카네기는 평소 식물에 관심이 많아 식물학자가 하는 말에 흥미를 보이며 열심히 경청하였다. 그리고 중간 중간 '네, 그렇군요' 하며 추임새 놓듯 박자를 맞춰 주었다.

그리고 얼마 후 들려오는 이야기가 데일 카네기는 대화의 명수라는 칭찬이었다. 그래서 알아보니 식물학자가 만나는 사람마다 자신을 칭찬했다는 걸 알게 되었다.

이 이야기는 대화를 할 때 가져야 할 자세가 얼마나 중요한지를 잘 알게 해 준다. 데일 카네기가 한 말은 고작 '네, 그렇군요' 혹은 '네에' 라는 짧은 말뿐이었다. 그런데도 그는 대화의 명수로 소문났던 것이다.

말을 많이 한다고 해서 말을 잘하는 것은 아니다. 오히려 말이 많으면 실수할 확률이 높다. 적당히 말을 하되 상대방의 말을 잘 들어주는 것이 더 좋은 효과를 얻을 수 있다.

현대 사회에서 사교적이고 친화적인 생각은 사람들에게 늘 좋은 인상을 심어 준다. 또 한마디 말은 명약이 되기도 하고 독이 되기도 한다. 그렇다면 명약이 되는 말을 해야 한다. 말 한마디가 인생을 변화시키는 요술 램프가 될 수 있다.

친화적인 생각을 기르는 법

※ 예의를 지키고 몸가짐을 바르게 해야 한다. 같은 말도 상대방이 듣기 좋게 하고, 기분 나쁜 인상을 주지 않도록 조심해야 한다.

※ 상대방이 하는 말에 귀를 기울여야 한다. 자신의 말을 진지하게 들어줄 때 호감을 갖게 되는 것이다. 말을 잘 들어주는 것은 아주 좋은 대화법이다.

※ 상대방이 좋아하는 관심사에 대해 말하는 것이 좋다.

※ 이야기 도중 적절하게 칭찬하는 법을 활용해야 한다. 사람들은 자신을 칭찬해 주는 사람에게 믿음을 갖는다.

※ 올바르게 행동하고 경거망동하는 일이 없어야 한다. 경거망동하면 천박해 보여 신뢰가 가지 않는 법이다.

※ 흥미롭고 재미있는 이야기 두세 가지를 늘 준비해야 한다. 흥미 있는 이야기는 상대방의 긴장을 풀어 주는 좋은 방법이다.

※ 유머를 적절하게 활용해야 한다. 유머는 긴장감을 풀어 주고 친근감을 주는 좋은 대화법 중 하나다.

※ 옷차림은 깔끔하고 단정하게 해야 한다. 단정한 사람이 믿음을 갖게 하고 신뢰를 준다.

※ 남을 비방하거나 상대를 헐뜯는 말을 해서는 안 된다. 그것은 대단한 실례며 나쁜 인상을 심어 주게 된다.

※ 다양한 분야에 대한 상식을 갖춰야 한다. 상식이 풍부하면 실력 있는 사람으로 인정받을 수 있어 좋은 인상을 심어 주게 된다.

탈무드 경구 2

*19*_돈은 목적이 아니라 도구다.

*20*_돈은 사람에게 참다운 명예를 가져다주지 않는다. 아무리 많은 돈을 벌어도 그것만 가지고는 인간의 참다운 명예를 살 수 없다.

*21*_인생은 현자에게는 꿈, 어리석은 자에게는 게임, 부자에게는 희극, 가난한 자에게는 비극이다.

*22*_모든 것은 동전처럼 앞뒤의 양면이 있다.

*23*_무엇을 보아도 웃지 않는 사람과 무엇을 보거나 웃는 사람을 경계해야 한다.

*24*_책을 쓰는 사람은 그 책이 인간의 생활에 도움이 되는지를 잘 파악해야 한다.

*25*_책을 쓰는 사람은 다른 사람의 생각을 그저 흉내 내듯 베낄 것이 아니라, 자기 자신의 새로운 생각이 태어나고 있는가를 확인해야 한다.

*26*_한 명의 옛 친구는 열 명의 새 친구보다 낫다.

27_ 연한 나무는 부러지지 않으나 단단한 나무는 부러진다.

28_ 부정한 혓바닥은 부정한 손보다 더 나쁘다.

29_ 착한 사람은 술집에서도 악에 물들지 않고 악한 사람은 회당에 가서도 마음을 고칠 수 없다.

30_ 현명한 사람은 자기가 무엇을 이야기하고 있는지 알고 있고, 어리석은 사람은 자기가 이야기하고 있다는 사실만을 안다.

31_ 돈은 좋은 센스 말고는 무엇이든 살 수 있다.

32_ 이미 땅 위에 누워 있는 것은 넘어지는 법이 없다.

33_ 당나귀는 큰 귀로 알아볼 수 있고 어리석은 자는 긴 혓바닥으로 알아볼 수 있다.

34_ 밀가루 장수와 굴뚝 청소부가 싸우면 밀가루 장수는 까매지고 굴뚝 청소부는 하얘진다.

35_ 가난한 자는 적이 적지만 부자는 친구가 적다.

36_ 취한 자는 나쁜 술도 잘 마시고 부정한 자는 더러운 돈도 잘 삼킨다.

37_고난은 강한 약과 같다. 한꺼번에 너무 많이 먹으면 안 된다.

38_행운에서 불운으로 가는 길은 가깝고 불운에서 행운으로 가는 길은 멀다.

Chapter 3
_ 탈무드처럼 주도하라

14 자신을 주도하는 사람이
똑똑한 사람이다

홀로 서는 법

유대인 교육법에서 너무도 유명한 것 중 하나가 '물고기를 잡아서 주는 게 아니라 잡는 법을 가르쳐 준다'는 것이다. 물고기를 잡아서 주면 그때뿐이지만 잡는 법을 가르쳐 주면 평생을 간다. 이 이야기는 잘 알려진 이야기라 식상하겠지만, 우리 청소년들이 다시 한 번 마음에 새기면 좋겠다.

이러한 유대인 교육법은 하루아침에 얻어진 것이 아니라, 오랜 세월의 전통이며 그들의 생활 방식에서 온 것이다. 유대인들은 부모로부터 자신이 배웠듯이 자식에게 그대로 가르친다. 그들은 경험을 통해 어떻게 하는 것이 최선의 교육인지 너무도 잘 알고 있다. 또 자신들이 실천하는 교육이 얼마나 합리적인지도 잘 안다.

그래서 유대인은 어떤 문제가 주어지면 다양한 관점으로 접근한다. 나름대로 충분히 생각하고 그 중에서 가장 잘 맞는 해법을 찾아낸다. 이런 유대인의 교육 방식이 유대인들을 똑똑하고 창의적인 인격체로 길러 내는 것이다.

어떤 유대인 소년이 있었다. 소년이 고등학교를 졸업하자 그의 아버지는 그에게 선물을 주었다. 그것은 아시아로 가는 3등석 배표였다. 그리고 아버지는 소년에게 두 가지를 당부하였다. 하나는 안식일이 되기 전에 어머니에게 편지를 부치라는 것과, 다른 하나는 집안을 도울 수 있는 좋은 방법을 찾아보라는 것이었다.

소년은 아버지의 말대로 배에 올랐고 종착지인 일본에 도착하였다. 소년의 주머니엔 달랑 5파운드의 돈이 있을 뿐이었다. 하지만 소년은 그 어떤 걱정도 하지 않았다. 그는 어느 바닷가에 있는 허름한 오두막에서 며칠을 보내며 무엇을 할 것인지 곰곰이 생각하였다.

그러던 중 소년은 일본인들이 바닷가에서 조개를 잡는 모습을 보게 되었다. 소년은 가까이 다가가 자세히 살펴보았고 매우 아름다운 조개껍데기를 볼 수 있었다. 소년은 조개껍데기로 단추나 담배 케이스 등의 제품을 만들면 좋겠다고 생각하며, 날마다 부지런히 조개를 주웠다. 그러고는 조개를 가공해 런던에 있는 아버지에게 보냈다. 소년의 아버지는 그것을 수레에 담아 팔았는데 날개 돋친 듯이 팔렸다.

소년의 아버지는 얼마 후 가게를 열었고 가게는 곧 2층이 되고, 3층이 되고, 빈민가에서 도심지로 옮겨 갔다. 일본에 있던 소년 역시 많은 돈을 벌었다.

그리고 어른이 된 소년은 석유 사업에 손을 댔고 그것을 통해 많은 돈을 벌어들였다. 그런데 먼 거리까지 석유를 운송하는 것이 문제였다. 그래서 그는 연구 끝에 자신이 직접 유조선을 만들었다. 그는 그것으로 많은 돈을 벌 수 있었다. 그의 이름은 매커스 사무엘이다.

매커스 사무엘은 집안을 도울 좋은 방법을 찾아보라는 아버지의 말을 귀담아 듣고 무에서 유를 창조했던 것이다. 그가 맨주먹으로 성공할 수 있었던 것은 강인한 신념과 창의적인 도전 정신에 있었다. 그는 반드시 성공하겠다는 불굴의 의지로 조개껍데기 단추와 담배 케이스 같은 제품을 만들었고 유조선을 개발한 것이다.

유대인은 부모로부터 배운 홀로 서는 법을 통해 독립적이고 개성적인 인격체로 성장한다. 그 결과 각 분야에서 세계 최고의 민족으로 거듭났다.

가난한 환경 속에서도 인생을 성공적으로 살았던 위인들은 하나같이 자기를 주도해 나간 자기 인생 계획의 대가다. 그리고 이들의 공통점은 꾸준히 읽고, 사색하고, 씀으로써 자신만의 실력을 갖추었다는 것이다.

유대인들이 도전적이고 창의적인 상상력을 갖게 된 또 다른 이유는 복합적 사고 때문이다. 복합적 사고는 그들의 생각을 한곳에 머물게 하지 않고, 그들이 원하는 것은 무엇이든 해낼 수 있는 진보적인 가치관도 갖게 했다. 유대인 중엔 프로이트, 마르크스, 아인슈타인 같은 진보적이고 개혁적인 인물이 많다. 이것은 바로 유대인들이 어린 시절부터 복합적 사고를 갖고 자라기 때문이다.

홀로 서는 법을 기르면 자연스럽게 복합적 사고를 갖게 된다. 하지만 한 가지 분명히 할 것은, 게을러서는 안 된다는 것이다. 이를 마음에 굳게 새겨 실천해야만 좋은 결과를 얻게 된다.

홀로 서는 법

※ 무슨 일이든 절대 남에게 의존하지 말아야 한다. 힘들다고 의존하다 보면 스스로 할 수 있는 일도 남에게 의존하려고 한다. 자신이 홀로 서는 힘을 갖기 위해서는 무슨 일이든 스스로 할 수 있도록 자신을 강하게 단련시켜야 한다.

※ 스스로 자신을 주도해야 한다. 스스로 책을 읽고, 생각하고, 쓰고, 상상력을 길러야 한다. 좋은 생각과 상상은 일상에서 보고 듣고 만져보는 경험이 만들어 준다. 즉 이런 경험이야말로 자기를 주도하는 최고의 학습법이다.

※ 실패를 두려워하지 말아야 한다. 실패가 두려워 생각만 하고 실천하지 못한다면 아무것도 할 수 없다.

※ 독한 마음으로 이기는 습관을 길러야 한다. 이기는 습관이 길러지면 아무리 힘든 일도 해낼 수 있다.

※ 참는 법을 길러야 한다. 인내력이 약하면 쉽게 포기하지만, 인내력이 강하면 웬만해선 포기하지 않는다.

지혜는 천금보다 귀하다

유대인은 지혜의 소중함을 누구보다도 귀히 여긴다. 지혜는 상상력의 산물이며 창조적 생각을 길러 주는 특급 요소다. 그래서 유대인들은 지혜는 물질보다 우위에 있다고 생각한다.

탈무드에는 유대인의 지혜를 엿볼 수 있는 이야기가 나온다.

머나먼 옛날 예루살렘에 사는 어떤 남자가 오랜 여행 끝에 병이 나 자리에 눕게 되었다. 아무래도 자신이 더 이상 살 수 없다고 판단한 그는 숙소 주인을 불러 이렇게 부탁했다.

「한 가지 부탁이 있소. 들어 주시겠소?」

「네. 무엇인지 말해 보십시오.」

「난 곧 죽을 것 같소. 내가 죽은 뒤에 예루살렘에서 내 아들이 찾아오거든 나의 소지품을 전해 주시오. 그런데 무조건 소지품을 주지 말고 세 가지 슬기로운 판단을 내리면 주시오. 만약 그러지 못한다면 절대로 내어 주지 마시오. 왜냐하면 내 아들에게 내가 여행 중에 죽게 되면 내 유산을 상속 받되 세 가지 슬기로운 판단을 하지 않으면 안 된다는 유언을 미리 하고 왔기 때문이오.」

이렇게 말을 남긴 여행객이 죽자 숙소 주인은 유대인의 전통에 따라 매장함과 동시에 마을 사람들에게 그의 죽음을 알리고, 예루살렘에도 사람을 보내 가족에게 그가 죽은 사실을 알렸다.

소식을 들은 아들은 아버지가 죽은 마을 입구에 도착하였다. 하지만 그는 아버지가 묵었던 집을 알지 못했다. 아버지가 아들에게 알리지 말라고 유언했기 때문이다. 아들은 스스로 그 집을 찾지 않으면 안 되었다. 생각에 잠긴 아들의 눈에 나무장수가 장작을 한 짐 지고 지나가는 게 보였다. 아들은 그를 불러 세워 장작을 산 다음 예루살렘에서 온 여행객이 죽은 집으로 그 장작을 가져가라고 말한 뒤 나무장수를 따라갔다.

아들의 생각대로 나무장수는 아버지가 죽은 숙소에 도착했다.

「나는 장작을 주문한 적이 없는데 이는 무슨 장작입니까?」

숙소 주인은 고개를 갸우뚱거리며 말했다.

「저기 저 젊은이가 이 장작을 사고 여기 갖다 주라고 했습니다.」

나무장수 뒤엔 여행객 아들이 서 있었다. 이것이 첫 번째 슬기로운 판단이었다.

숙소 주인은 기꺼이 아들을 맞아들여 저녁을 차려 주었다. 식탁에는 비둘기 다섯 마리와 닭 한 마리가 요리로 나왔다. 식탁엔 그 젊은이 외에 숙소 주인과 그의 아내, 두 아들과 두 딸 등 모두 일곱 명이 둘러앉았다.

「젊은이가 이 요리들을 모두에게 나누어 주시오.」

숙소 주인이 말했다.

「아닙니다. 주인께서 나누는 것이 좋겠습니다.」

젊은이가 말했다.

「아니요. 당신이 손님이니 당신이 하고 싶은 대로 하시오.」

또다시 주인이 말했다.

「정히 그러시다면 제가 나누도록 하겠습니다.」

젊은이는 이렇게 말을 하고 요리를 나누기 시작했다. 그는
먼저 한 마리의 비둘기를 두 아들에게 주었다. 그리고 딸들에게
도 한 마리의 비둘기를 주었고, 또 한 마리는 주인 부부에게 주
었으며, 자신은 두 마리의 비둘기를 차지했다.

이것이 그 청년의 두 번째 슬기로운 판단이었다.

이를 보고 숙소 주인은 언짢은 표정을 지었으나 아무 말도
하지 않았다. 이번엔 닭 요리를 나누었다. 먼저 머리 부분은 주인
부부에게 주고, 두 아들에게는 다리를, 두 딸에게는 양쪽 날개를
주고, 나머지 몸통 전체는 자기가 차지했다. 이것이 세 번째 슬
기로운 판단이었다.

숙소 주인은 화가 나서 말했다.

「이보시오, 당신네 고장에선 이렇게 합니까? 당신이 비둘기
를 나누어 줄 때만 해도 잠자코 있으려 했지만, 더 이상 참을

수가 없소. 대체 이게 무슨 경우요?」

그러자 청년은 빙그레 웃으며 말했다.

「나는 음식 나누는 일을 맡고 싶지 않았습니다. 그러나 주인 께서 부탁하기에 최선을 다한 것입니다. 당신과 부인과 비둘 기를 합쳐 그 수가 셋이고, 두 아들과 비둘기를 합쳐 그 수가 또 셋이고, 두 딸과 비둘기 한 마리를 합쳐 그 수가 셋이요, 나와 두 마리 비둘기를 합치니 각기 그 수가 셋이 되니, 이는 그 수가 공평한 것 아닙니까?

또 당신은 이 집에서 제일 높은 가장이니 닭의 머리를 드린 것이고, 당신의 아들 둘은 이 집의 기둥이니 다리 두 개를 주 었습니다. 그리고 딸들에게 날개를 준 것은 이제 곧 나이가 차서 남의 집으로 시집을 가게 되니 그렇게 한 것입니다. 그 리고 나는 '배'를 타고 여기에 왔고, 또 돌아갈 것이므로 '배'가 있는 몸통을 가진 것입니다.」

「오, 과연 슬기로운 판단이오. 여기 아버님의 유산이 있소. 가져가시오.」

숙소 주인은 환하게 웃으며 아들에게 그의 아버지 유산을 내 어 주었다.

이 이야기는 뜻하는 바가 참 크다. 지혜로운 아들은 슬기롭게 판단함으로써 아버지의 소중한 유산을 물려받을 수 있었다. 만약 아들이 지혜롭지 못했다면 소중한 유산은 물려받지 못했을 것이다.

바로 여기에 유대인의 지혜로움이 있다. 아버지는 아들이 능히 지혜를 발휘하여 유산을 물려받을 수 있을 것으로 확신했다. 그것은 평소에 아버지가 아들의 지혜를 믿었다는 것이다. 아들에 대한 아버지의 믿음 역시 지혜에서 온 것이다.

유대인은 무엇을 하든 논리적 사고를 통해 사물을 올바로 이해하는 훈련을 계속한다. 이런 과정을 통해 상상력과 지혜를 기르고 자신감과 당당함을 키운다.

청소년들이 자기를 주도하고 성공적인 인생을 살기 위해서는, 소년 매커스 사무엘이 그랬듯이, 자신이 무엇을 해야 하는지 꾸준히 탐구해야 한다. 그리고 매커스 사무엘이 자신을 이겨 낸 것처럼 아무리 힘들고 어려워도 자신을 이겨 내야 한다. 성공은 자신을 이겨 낸 사람만이 얻게 되는 인생의 소중한 선물이다.

15 책은 인생의 나침반이다

책은 지식의 종합 비타민이다

'네 자녀에게 부지런히 가르치며'의 '부지런히'는 히브
리어로 '조각을 하여 새겨 넣듯이 가르치라' 는 뜻이다. 이는 유
대인의 전통을 전승하는 데 있어, 교육이 얼마나 중요한지 잘 보
여주는 말이다.

유대인은 가르치는 일이 곧 하나님을 경외하는 것이라 여긴
다. 유대인에게 하나님을 경외하는 최고의 방법은 공부하는 것이
다. 그래서 회당은 모두 공부하는 장소를 갖추고 있었다.

예배의 가장 중요한 것은 모두 토라(율법·교의)를 공부하는

일이다. 그 이유는 배우지 않는 한 종교는 미신이 되어 버린다고 믿기 때문에, 모두가 함께 공부하고 가르침을 주었던 것이다.

따라서 부모는 반드시 교사가 되지 않으면 안 되었다. 유대인은 바로 여기서 세계 최초로 의무 교육의 중요성을 찾아낸 것이다. 그리고 그 교육의 중심에는 탈무드와 책이 있었다. 유대인들은 밥은 굶어도 책 읽는 것은 멈추지 않는다. 책은 유대인에게 있어 마음의 양식이며 지혜의 샘이다.

유대인의 자랑거리인 탈무드는 유대인의 상징이자 정신이다. 탈무드는 언제나 살아 숨 쉬는 종합 백과사전이다. 또한 탈무드는 세계 각국에 번역·출간 되어 널리 읽히는 지혜의 보물 창고다.

유대인이 책의 민족으로 불리는 것은 탈무드의 영향 때문이다. 유대인은 어린 시절부터 탈무드를 듣고 자란다. 그리고 글을 익히면 탈무드를 읽으며 폭넓은 지식과 지혜를 배운다. 그렇게 함으로써 책 읽는 습관이 자연스럽게 몸에 밴다. 그래서 유대인 부모는 아이들에게 책을 읽으라며 독려하거나 책망하지 않는다. 독서는 유대인에게 당연한 일상이기 때문이다.

책의 중요함을 잘 아는 유대인에게 책은 정보의 바다며 지식의 샘이다. 책을 읽지 않는 자는 유대인 세계에서는 무식쟁이와 같다.

유대인들이 제일 존경하는 사람이 랍비다. 랍비는 많은 지식과 지혜를 갖고 있는 인생의 스승이다. 랍비는 탈무드는 기본이고 폭넓은 독서로 쌓은 깊은 지혜와 지식으로, 많은 사람에게 가르침을 준다. 그러니 어떻게 랍비를 존경하지 않을 수 있을까.

우리나라에는 선비 정신이란 것이 있다. 마음이 곧고 생각이 우뚝하여 행실이 반듯하고, 불의에 타협하지 않으며 신념을 버리지 않는 올곧은 정신을 말한다.

선비 정신은 조선 시대의 대표적 정신이다. 이러한 선비 정신은 바로 독서력에 있었다.

이처럼 책의 효용 가치는 매우 크다. 책을 읽는다는 것은 마음을 수양하고 상상력과 창의력을 기르는 일이다. 그리고 지식을 쌓으며 풍요로운 삶을 배우는 일이다.

공부를 많이 한 사람보다 책을 많이 읽은 사람이 지식이 뛰어난 것은, 책은 지식의 종합 비타민이기 때문이다. 종합 비타민이 몸에 좋은 것처럼 지식의 종합 비타민인 책은 마음을 건강하게 하고 정신적으로 풍요롭게 한다.

책은 단순히 책으로만 보지 말고 자신의 삶을 바꾸어 주고 꿈을 주는 인생의 선물로 여겨야 한다.

독서 습관을 길러라

습관은 매우 중요하다. 올바른 습관은 인생을 살아가는 데 막대한 영향을 준다. 이처럼 좋은 습관을 잘 들이면, 인생을 성공적으로 살아가는 데 큰 힘이 된다.

특히 독서 습관은 생각을 풍요롭게 해 주고 상상력을 높여 준다. 또한 논리력과 통찰력, 창의력을 길러 준다. 이와 같이 독서가 인생을 뒤바꿀 만큼 중요하다는 것은 누구나 알고 있다.

하지만 알아도 실행하지 못하는 게 사람이다. 그러나 자신의 찬란한 미래를 위해서라면 반드시 독서 습관을 길러야 한다.

잘 들인 독서 습관은 평생을 간다. 책 읽기를 좋아하는 사람들은 어린 시절 잘 들인 독서 습관 때문에, 어른이 되어서도 꾸준히 책 읽기를 즐긴다.

오랜 시간 아이들에게 글쓰기를 가르친 경험에 의하면 초등학교 때 독서 습관을 잘 들인 아이들은 중·고등학교 때도 책 읽기를 멈추지 않는다. 남들이 입시 공부에 열중하는 동안에도 꼭 책을 챙겨 읽는다. 그렇다고 해서 시험 성적이 나쁘지도 않다. 오히려 성적이 더 좋다. 공부는 공부대로 하고 틈틈이 책을 읽으니까 공부에는 아무런 문제가 없다. 이것이 바로 습관의 힘이다. 습관의 힘은 본능과 같아 때가 되면 자연스럽게 책을 읽게 된다.

책은 경쟁력을 기르는 최선의 수단이다. 유대인의 풍부한 상상력과 창의력이 책에 있듯, 우리의 청소년들도 경쟁력을 기르기 위해서는 반드시 독서 습관을 들여야 한다.

독서 습관 들이는 법

※ 일정한 시간을 정해서 독서하는 게 좋다. 자기 전에 또는 가장 편안한 시간에 독서를 하는 게 좋다. 이렇게 꾸준히 하다 보면 자연스럽게 독서 습관이 든다.

※ 학교 공부와 학원 공부로 시간이 없는 게 요즘 청소년들의 생활이다. 그러다 보니 책 읽는 것을 멀리 한다. 하지만 독서 시간을 길게 잡을 필요는 없다. 하루에 30분 정도만 꾸준히 읽어도 한 달이면 900분이다. 이를 시간으로 환산하면 15시간이 된다. 15시간이면 책 한두 권 정도는 볼 수 있다. 이를 1년으로 치면 20여 권의 책을 읽게 되는 셈이다.

※ 책을 읽고 나면 그 느낌을 메모해 두는 것이 좋다. 자신만의 독서 노트를 만들면 많은 도움이 된다.

※ 책을 읽다 말다 하면 안 된다. 그러면 독서 습관을 들이기는커녕 오히려 혼란만 느끼게 된다. 책은 읽어도 그만 안 읽어도 그만이라는 생각을 하게 되기 때문이다.

16 역사는 민족의 얼이다

역사를 소중히 하라

유대인은 민족의 역사를 잊지 않는다. 그들의 역사는 한마디로 시련과 고난의 역사라고 할 수 있다.

그들은 이집트로부터 400년이 넘는 세월을 지배 당해 노예처럼 생활했다. 또 로마 제국의 침략으로 나라를 잃고 이천 년이 넘는 오랜 세월을 뿔뿔이 흩어져, 세계 각지를 떠돌며 온갖 박해를 받았다.

그들이 다른 민족으로부터 받았던 박해는 상상을 초월할 만큼 가혹했고 비인간적이었다. 하지만 유대인들은 그 어떤 고통도 감수하며 이겨 냈다. 그들이 시련과 고통을 이겨 낼 수 있었던 것은 하나님과 탈무드가 있었기 때문이다. 유대인은 하나님이 자신들을 구원하고 복을 주시는 창조주라 굳게 믿었고, 탈무드를 열심히 읽고 가르침대로 실천했다. 이런 강인한 종교적 신념과 강한 실천력은 그들이 시련을 이겨내는 데 큰 용기와 힘이 되었다.

그 결과 모든 것은 그들의 바람대로 이루어졌고, 전 세계에서 막강한 영향력을 행사하며 자신들의 존재감을 과시하고 있다.

미국에는 육백만 명이 넘는 유대인이 살고 있다. 그들은 미국 내 어느 민족보다도 우수하고 다양한 분야에서 목소리를 높이고 있다. 특히 언론사나 방송사, 금융 기관과 은행, 학교와 각 기관 단체에서 유대인은 절대적 우위를 점하며, 미국 정부도 함부로 할 수 없는 강력한 힘을 발휘하고 있다.

미국엔 에이팩(AIPAC, 미국 이스라엘 공공 문제 위원회)이란 단체가 있다. 이는 미국 정부에 대한 이스라엘 로비 단체로 그 역할이 매우 크다. 이 로비 단체는 미국 정부의 유력 인사에게 막대한 정치자금을 후원하고, 그 대가로 친이스라엘 정책을 펼칠 수 있도록 압력을 행사하고 있다.

이스라엘 의원은 이스라엘 정책을 마음대로 비판할 수 있지만, 미국 의원은 이스라엘의 대외 정책을 공개적으로 비판할 수 없다. 비판하는 순간 에이팩으로부터 강력한 제재가 가해지기 때문이다.

유대인들은 조국 이스라엘을 위하는 일이라면 자신들의 시간은 물론 돈을 아낌없이 쓴다. 미국에 살고 있는 유대인이 일 년에 거둬들이는 모금액은 무려 50억 달러(약 6조 원)나 된다. 그들이 이처럼 돈과 시간을 아낌없이 투자하는 것은 민족애와 애국심 때문이다.

유대인들은 과거의 아픈 역사를 잊지 않고 두 번 다시는, 똑같은 시련을 겪지 않겠다는 일념으로 똘똘 뭉쳐 있다. 그래서 어려운 일이 있을 때마다 팔을 걷어붙이고, 조국과 민족을 위해 헌신하는 것이다. 이런 투철한 역사의식이 오늘날 유대인을 세계 최고의 민족으로 만든 힘이다.

유대인 자녀는 부모로부터 민족의 아픈 역사를 숨김없이 듣고 자란다. 부모로부터 배우는 역사 교육은 자녀에게 민족의 중요성을 일깨우고, 그렇게 자란 자녀가 부모가 되면 역시 자신의 아이에게 부모가 자신에게 했던 그대로 민족의 얼을 심는 교육을 한다.

이처럼 철저한 역사 교육이 유대인에게 나라와 민족의 소중함을 잊지 않게 하는 것이다. 이런 예를 단적으로 보여 주는 것이

예멘에 살던 유대인들의 이야기다. 그들은 팔레스타인에서 추방돼 예멘으로 와서 살던 사람들이다. 그들은 힘든 타국 생활을 하면서도 언젠가는 조국으로 돌아간다는 신념으로 살았다. 그러는 사이 이천 년이란 세월이 흘렀다. 외부와의 문명 세계와 완전히 단절된 벽지에서 오직 자신들의 신앙을 믿으며, 고국으로 돌아갈 날만을 손꼽아 기다렸다.

그러던 어느 날 가나안 땅에 그들의 나라가 건설된다는 소식을 듣고, 그들은 뜨거운 눈물을 흘리며 기도했다. 하나님이 자신들을 버리지 않고 약속을 지켜준 것이 너무도 감사했던 것이다.

그들 전체 인구 4만 3천 명 중 사정이 있는 천여 명을 제외한 나머지 유대인들은 모두 조국을 향해 걷기 시작했다. 그들의 1차 행군 목표는 아덴이었다.

뒤늦게 이 사실을 안 이스라엘 정부는 서둘러 대형 수송기를 빌려 아덴으로 보냈다. 그리고 그들 모두를 이스라엘로 실어 날랐다. 세계 역사상 유래를 찾아볼 수 없는 대규모 공수작전이었다. 그야말로 눈물겹도록 진한 동포애가 아닐 수 없다.

이 두 가지 역사적 사실로 미루어 볼 때 유대인들의 민족정신은, 오천년이란 기나긴 세월에도 빛이 바래지 않은 투철한 역사의식은, 그들만의 독특한 가정 교육에 있다는 것을 알 수 있다.

역사는 민족의 얼이다

우리나라 또한 오랜 세월 동안 수많은 외세의 침략에도 굴하지 않고, 오늘에 이르렀다. 우리 민족의 역사의식도 유대인 못지않게 대단하다. 과거에 수많은 외세의 침략에도 굴하지 않고 똘똘 뭉쳐 조국을 지켜낸 것만 보아도 알 수 있다.

그러나 지금 우리나라는 여러 가지로 걱정스런 일들이 많다. 한창 꿈을 키우고 역사의식을 길러야 할 청소년들에게, 역사 교육이 제대로 이루어지지 않기 때문이다. 학교 교육이 대학 입시를 목적으로 하는 교육이다 보니 영어, 수학 공부에만 열을 올리느라 일주일에 한두 번 정도 하는 역사 교육은 뒷전이 된 지 오래다. 참으로 어처구니가 없어 입이 다물어지지 않는다.

우리나라 일부 청소년들을 보면 위태위태할 때가 많다. 외제품을 선호하고, 무작정 외국 문화를 따르고, 외모에 집착하고, 매사에 즉흥적일 때가 많기 때문이다. 또한 얼마 전 조사한 결과에 따르면 우리나라 청소년들의 가치관과 민족의식, 국가에 대한 충성도가 위태로울 지경에 이르렀다는 것을 알 수 있다. 한국·일본·중국 청소년들에게 전쟁이 났을 때 어떻게 하겠느냐는 질문에 나라를 위해 싸운다는 비율이 일본 청소년들이 제일 높았고, 그 다음이 중국 청소년들이고, 꼴찌가 우리나라 청소년들이었다. 이 외에도 두 가지 질문이 더 있었는데 결과는 마찬가지였다. 이는 민족의 정체성을 깊이 뒤흔드는 일이어서 매우 걱정된다.

청소년 시기에 올바른 역사의식을 갖추지 못한다면 오랜 시간 쌓아 온 우리의 지혜와 전통이 무너질 수 있다.

그러나 우리는 유대인 못지않은 우수한 민족이다. 우리 청소년들은 자부심을 갖고 새로운 마음으로 역사의식을 길러야 한다.

역사는 민족의 얼이다. 민족의 얼을 소중히 가꾸려면 역사의식을 길러야 한다. 그래야 조국과 민족을 사랑하며 자긍심을 높일 수 있다.

역사의식을 기르는 자세

※ 올바른 역사의식을 갖도록 틈틈이 역사책을 읽고, 주체성을 길러야 한다.

※ 우리 문화와 전통에 대해 관심을 갖고, 때때로 박물관이나 역사체험교실에 참가해 보는 것도 좋은 방법이다.

※ 역사 유적지를 탐방하고 역사에 대해 토론하며 생각하는 시간을 가져야 한다.

※ 우리 것을 소중히 여기고, 외국 것에 깊이 빠져들지 않도록 경계해야 한다.

※ 우수한 우리 민족의 정체성을 확립하고 수천 년 지켜 온 찬란한 문화유산에 대해 자긍심을 가져야 한다.

17 충동적인 행동은 자신을 망치게 한다

충동적인 행동의 위험성

유대인은 충동적인 행동을 하지 않는다. 아무리 기분 나쁘거나 급한 상황에 놓이더라도 기분에 따라 행동하지 않는다. 유대인은 성급히 잘못 행동하면 얻는 것보다 잃는 게 더 많다고 생각한다.

유대인이 충동적이지 않은 것은 어떤 이유에서일까?

한 마디로 말해 그들은 매우 이성적인 민족이기 때문이다. 이성은 감정에 치우쳐 자기 생각대로 하는 행동을 막아주는 브레이크와 같다. 그래서 아무리 급박한 상황에서도 평상심을 잃지 않고 이성적으로 해결하려고 한다.

　이러한 그들의 생각은 극단적으로 갈 수 있는 문제들을 사전에 막아 주고, 슬기롭게 해결할 수 있게 한다.

　유대인의 이런 성격을 잘 보여 주는 이야기가 있다.

　어떤 마을에 물건을 사기 위해 온 장사꾼이 있었다. 그는 며칠 뒤 그곳에서 할인 판매한다는 사실을 알고 그때까지 기다렸다가 물건을 사기로 하였다.

　「가만, 이 많은 돈을 어떻게 하지?」

　그러다 장사꾼은 자기가 가지고 있는 많은 돈 때문에 걱정이 되었다. 자칫 큰돈을 잃어버릴 수도 있기 때문이었다. 그래서 장사꾼은 사람이 잘 안 다니는 곳에 땅을 파고 돈을 묻었다.

　다음날 돈을 묻어 두었던 곳으로 간 장사꾼은 깜짝 놀라고 말았다. 꽁꽁 숨겨둔 돈이 감쪽같이 사라지고 만 것이다.

　「어, 도, 돈! 내 돈이 어디 갔지?」

　그는 얼굴이 하얗게 변한 채 울상이 되어 소리쳤다. 그러나 이내 마음을 가다듬고 곰곰이 생각해 보았다. 하지만 아무리 생각해 봐도 돈을 찾을 방법이 떠오르지 않았다.

　그런데 멀리 떨어진 곳에 있는 집 한 채가 그의 눈에 들어왔다. 그래서 가까이 다가가 보니 그 집 담에 구멍이 뚫려 있다는 사실을 알게 되었다. 그는 그 집에 살고 있는 사람이 그 구멍으로 돈을 파묻는 광경을 훔쳐보고 있다가 나중에 파내어 간 것이 분명하다고 생각했다. 이렇게 생각한 장사꾼은 그 집을 방문하여 그 집에 살고 있는 남자에게 말했다.

「당신은 도시에서 살고 있으니 대단히 머리가 좋겠군요.」

「그게 무슨 말입니까?」

집 주인이 의아한 표정으로 말했다.

「난 당신의 지혜를 빌리고 싶어 이렇게 찾아왔습니다.」

「왜, 무슨 일이 있나요?」

「네. 사실은 지갑 두 개를 가지고 이 마을로 물건을 사러왔답니다. 지갑 하나에는 500개의 은화를 넣었고, 나머지 하나에는 800개의 은화를 넣었지요. 나는 그 중 작은 지갑을 아무도 모르는 어떤 장소에 묻어 두었답니다. 그런데 나머지 큰 지갑까지 묻어 두는 게 좋을까요?」

「물론이지요. 나라면 작은 지갑을 묻어 둔 곳에 큰 지갑도 묻어 두겠소.」

집주인은 거리낌 없이 말했다.

「네. 잘 알겠습니다. 감사합니다.」

장사꾼은 이렇게 말하며 그 집을 나왔다. 장사꾼이 돌아 간 뒤 욕심꾸러기 남자는 자기가 훔쳐왔던 지갑을 전에 묻혀 있던 장소로 가져가 다시 묻어 놓았다. 그 모습을 몰래 지켜보고 있던 장사꾼은 지갑을 무사히 되찾았다.

우리는 이 이야기에서 장사꾼의 슬기로운 마음을 잘 알 수 있다. 그는 충동적으로 행동할 수 있는 상황에서도 침착함을 잃지 않았다. 오히려 차분하게 행동함으로써 잃어버린 지갑을 되찾을 수 있었다.

만일 장사꾼이 충동적으로 행동했다면 지갑을 찾지 못했을 것이다. 왜냐하면 집주인이 끝까지 시치미를 뗄 수 있으니까 말이다. 장사꾼의 슬기로운 행동은 누구나 배워야 할 바람직한 자세다.

유대인이 충동적이지 않는 이유는 무엇일까? 그들은 한쪽으로 치우치는 극단적인 것보다는 중도주의를 선호하기 때문이다. 여기서 중도주의는 대충대충 넘어가는 것이 아니라, 중간 의미로써의 중도주의를 말한다. 다시 말해 이쪽저쪽을 다 아우를 수 있는 생각을 말한다.

탈무드에는 정도가 지나치지 말아야 한다는 경구가 많다. 그 예로 '세상에는 도가 지나치면 안 되는 여덟 가지가 있는데, 그것은 여행·여자·성·부·일·잠·약·향료다'라는 말이 있다. 또한

'일생에 한 번 오리고기, 닭고기를 실컷 먹고 다른 날은 굶주리기보다는 일생을 양파만 먹고 사는 것이 낫다'는 말도 있다.

이 말에서 보듯 아무리 좋은 것, 맛있는 것, 재미있는 것도 지나치면 좋지 않다는 것이다. 이처럼 유대인은 충동적이고 극단으로 치우치는 것을 좋아하지 않는다. 차근차근 서두르지 않고, 무리하지 않고, 오래가는 것을 좋아한다. 유대인은 감정에 치우치지 않는 매우 이성적인 현실주의자다.

우리의 청소년들 중 일부는 충동적인 행동으로 인해 자신뿐만 아니라 남에게까지 피해를 주는 행동으로 문제를 일으키곤 한다.

그들은 또래의 청소년들에게 폭력을 가하기도 하고, 돈을 뺏고 옷을 뺏기도 한다. 왜 그랬냐고 물어보면 아무런 죄의식 없이 그냥 장난삼아 했다고 말한다. 이런 충동적인 행동이 자신은 물론 상대방에게 커다란 상처가 된다는 것을 전혀 모르는 식이다.

이런 행동을 그대로 방치하면 더 큰 문제를 일으킬 수 있다. 이런 충동적인 행동은 반드시 바로잡아야 한다.

청소년 시기는 몸과 마음이 한창 자라나는 때다. 이런 중요한 시기에 자신을 통제하는 마음을 기르는 것은 그 무엇보다 중요하다. 자신을 통제하는 마음이 충동적인 행동을 막아주기 때문이다.

충동적인 행동을 예방하는 방법을 가슴에 새기고 실천해 보기 바란다.

충동적인 행동을 예방하는 방법

✻ 충동적인 생각이 들면 천천히 열까지 숫자를 세라. 그렇게
자주 반복하다 보면 충동적인 행동을 억제할 수 있다.

✻ 충동적인 친구를 멀리해야 한다. 자신도 모르게 친구를 따
라하기 때문이다.

✻ 폭력적인 게임이나 책을 조심해야 한다. 10대는 호기심이
많아 자신이 본 것을 흉내 내는 경우가 많다.

융통성 있는 사람

유대인이 수많은 고난과 어려움 속에서도 살아남을 수 있
었던 것은, 융통성 있는 그들의 처세술에 있다. 그들은 가혹한 탄
압을 받으면서도 상대를 공격하거나 비방하지 않았다. 언제나 그
들은 순응하는 척하며 자신들의 실리를 챙겼다. 만일 그들이 기
분대로 모든 일을 처리했더라면 오늘과 같은 번영을 이루지 못했
을 것이다.

어느 길을 행진하고 있는 군대가 있었다. 길 오른쪽엔 눈이 내리고 얼어 있었다. 왼쪽은 불바다였다. 이 군대가 만일 오른쪽으로 가면 얼어 버리고 왼쪽으로 가면 타 버리고 만다. 그러나 한가운데는 따뜻함과 서늘함을 적당히 얻을 수 있는 길이었다.

이는 탈무드에 나오는 이야기다. 이 이야기에서 보듯 탈무드는 길 한가운데로 갈 것을 가르치고 있다. 즉 극단적인 것을 피하라는 것이다.

그러나 융통성을 갖는다는 것은 말처럼 쉽지 않다. 성격이 맞지 않으면 잘할 수 없는 게 융통성이기 때문이다.

오늘날과 같은 다양한 사회에서 가장 살아가기 쉬운 사람이 융통성 있는 사람이다. 융통성은 현대인의 바람직한 처세술이라고 할 수 있다.

융통성은 자신감 없는 사람이 선택하는 비굴한 방법이 아니다. 복잡하고 다양한 현대 사회에서 자신을 지키기 위해 가장 필요로 하는 삶의 한 방법이다.

우리는 이러한 유대인의 융통성을 배워야 한다.

융통성을 기르는 법칙

※ 무슨 일이든 자신만이 옳다고 주장하지 말아야 한다. 그것은 오히려 자신에게 상처가 될 수 있다.

※ 한쪽으로 치우치지 않는 마음으로 행동해야 한다. 한쪽으로 치우치지 않는 마음은 슬기롭게 살아가는 좋은 방법이다.

※ 양보하고 타협하는 마음을 길러야 한다. 양보와 타협은 결정적인 순간, 좋은 결과를 가져다 준다.

※ 상대를 이해하고 배려하는 자세를 가져야 한다. 그것이 처음에는 손해 같아도 결국엔 자신에게 이익으로 돌아온다.

18 자신감을 갖고 당당하게 논쟁하라

자신감은 용기다

자신감은 매우 중요하다. 무슨 일을 하는 데 있어 자신감은 그 일의 성패를 결정짓는 중요한 요소다. 아무리 머리가 좋고 능력이 뛰어나다고 해도, 자신감과 용기가 없다면 능력을 제대로 발휘할 수 없다.

유대인은 극단적인 것은 싫어하지만 그렇다고 해서 용기가 없거나 자신감이 결여된 것은 아니다. 오히려 그 반대다. 유대인은 자신감이 넘치고 신념이 강한 민족이다. 그들이 강한 자신감을 갖게 된 것은 수많은 역경과 시련을 통해, 자신감의 중요성을 잘 알기 때문이다.

유대인들이 세계 곳곳을 떠돌며 어려운 상황에서도, 꿋꿋하게 버텨낼 수 있었던 힘은 강한 자신감에 있다.

자신감을 기른다는 것은 그 어떤 인생의 성공 조건보다도 가치가 있다. 앞에서도 말했듯이 자신감은 자신이 가진 능력을 발휘할 수 있도록 도와주는 성공의 에너지다.

자신감을 기르는 법

※자신이 한 일이 잘못되었다면 인정해야 한다. 자신에게 떳떳한 사람이 남에게 당당할 수 있다.

※잘못을 해도 지나친 실망은 하지 말아야 한다. 지나친 실망은 자신감을 떨어뜨리는 부정적인 마음이다.

※해보지도 않고 미리부터 걱정하지 말아야 한다. 걱정은 자신감을 떨어뜨리는 나쁜 마음이다.

※성공한 사람들의 자신감을 배워야 한다. 그리고 자신이 좋아하는 사람을 롤모델로 정해 따라서 해 보라. 롤모델은 아주 좋은 성공 교과서다.

서로 토론하는 법을 길러라

탈무드는 독단과 극단을 경계하라고 이른다. 그것은 모든 일에 부정적으로 작용하기 때문이다. 그래서 다른 사람들의 의견을 듣거나 한쪽으로 치우치는 것을 경계해야 한다고 강조한다.

탈무드에 이런 이야기가 나온다. 사람은 왜 귀가 둘이며, 입은 하나인가 하는 질문이다. 답은 이렇다. 자기가 하는 말보다 남의 이야기를 두 배는 들어야 한다는 것이다. 자신이 말을 많이 하다 보면 남의 말에 귀를 기울이지 않게 됨은 물론, 독단으로 흐를 수 있기 때문이다.

독단이란 사람과의 관계를 해치는 부정적인 마음이다. 독단은 올바른 생각을 부정적인 생각으로 바꿀 수 있기 때문이다.

탈무드에는 죄인을 재판할 때도 상황 증거나 자백을 증거로 제시해서는 안 된다고 나와 있다. 또 범죄의 증인은 두 사람 이상으로 정하라고 나와 있다.

그것은 독단으로 흐르는 잘못을 막을 수 있기 때문이다. 사람이 살다 보면 잘못된 판단으로 인해 일을 그르치는 경우가 참 많다. 독단은 언제나 올바른 판단을 흐리게 할 소지가 있다.

유대인은 토론하는 것을 좋아한다. 바른 토론은 논리력을 길러 주고 판단 능력을 길러 주기 때문이다. 그래서 유대인은 공부를 할 때도 혼자 하는 것보다 둘이 하는 것을 좋아한다. 왜냐하면 토론을 통해 올바른 비판 정신을 기를 수 있고, 자신의 논리를 펼쳐 보임으로써 자신감을 기를 수 있기 때문이다.

그리고 유대인은 토론에서 자신의 생각이 옳지 않다고 판단하면, 상대방의 논리를 존중해 주고 그것을 배움의 가치로 받아들인다. 이러한 토론이 유대인에게 비판 능력을 길러 주고, 더불어 살아가는 지혜를 터득하게 해 준다는 것이다.

나의 생각이 항상 옳은 것은 아니다. 오히려 상대방의 생각이 옳을 수도 있다. 그렇다면 상대방의 의견을 존중해 주고 그것을 자신의 것으로 활용해야 한다. 유대인이 토론을 즐기는 것은 바로 올바른 생각을 공유하기 위해서다. 이를 좀 더 자세히 말하면 지혜를 구한다고 할 수 있다.

유대인의 생각이 깨어 있고 논리적이고 창의력이 뛰어난 것은, 그들의 공부 방식이 자유롭게 토론하는 문화로 정착되었기 때문이다.

자신이 똑똑하게 살고 싶다면 토론하는 법을 배워야 한다. 그리고 토론을 통해 비판 정신을 기르고 상대방의 의견을 존중하고 믿어 주는 마음을 가져야 한다. 잘못된 토론은 서로를 적으로 만들지만, 올바른 토론은 긍정적이고 창의력을 길러 주는 최상의 요소다.

유대인의 상상력의 힘은 바로 다양한 토론을 통해 길러졌다.

토론의 법칙

※ 상대방의 이야기를 존중해 주는 태도를 가져야 한다. 상대 방을 존중해 줄 때 상대방도 나를 존중해 준다.

※ 자신과 의견이 맞지 않아도 무시하면 안 된다. 무시하는 태 도는 자신의 인격을 스스로 깎아내리는 행위다.

※ 상대방이 옳다고 판단하면 인정해야 한다. 상대방을 인정 하는 자세는 자신의 품격을 높여 준다.

※ 다양한 상식을 갖춰야 한다. 많이 아는 사람이 토론에서 자 신의 주장을 자신 있게 펼칠 수 있다.

※ 상대방이 화나는 말을 해도 참고 끝까지 경청하는 자세가 필요하다.

19 자신을 넘어서는 지혜

자신을 넘어서라

나무 장사로 생활비를 벌어 쓰는 랍비가 있었다. 랍비는 산에서 나무를 해 마을까지 실어 나르느라 많은 시간을 허비해야만 했다. 그는 《탈무드》를 연구하는 데 있어 시간이 너무 부족하다는 것을 알고는 당나귀를 한 마리 샀다.

「자, 이제 당나귀가 있으니 《탈무드》를 연구하는 데 많은 시간을 벌 수 있겠군.」

랍비는 이렇게 말하며 활짝 웃었다. 그러자 제자들도 크게 기뻐하며 당나귀를 끌고 냇가로 가서 씻겨 주었다. 그때 갑자기 당나귀 목구멍 속에서 다이아몬드가 튀어 나왔다.

「야호, 다이아몬드다!」

한 제자가 크게 소리치자 다른 제자들의 눈은 일제히 당나귀와 다이아몬드로 쏠렸다. 번쩍번쩍 빛나는 다이아몬드는 눈이 부실 정도로 아름다웠다.

「이 다이아몬드를 선생님께 갖다 드리자. 그러면 선생님께서 나무를 해다 팔지 않으셔도 되니까.」

「그래 맞아. 선생님께서 그 힘든 일을 안 하시는 것만 해도 얼마나 감사한 일이야.」

제자들은 한마디씩 하며 다이아몬드를 랍비에게 갖다 주었다. 그러나 기뻐할 줄 알았던 랍비는 근엄한 목소리로 말했다.

「지금 당장 그 다이아몬드를 당나귀 전 주인에게 갖다 주어라.」

그러자 제자들은 어리둥절한 표정을 짓다 궁금한 듯 물었다.

「선생님, 이 당나귀는 이미 선생님께서 사신 것이 아닙니까?」

「그랬지.」

「그런데 왜 당나귀 전 주인에게 갖다 주라고 하시는지요?」

「나는 당나귀를 산 것이지 다이아몬드를 산 것은 아니다. 나는 당나귀만 갖겠다. 그러니 다이아몬드는 당나귀 전 주인에게 갖다 주도록 해라.」

제자들은 랍비의 말을 듣고 그의 청렴성과 정직성에 크게 감동하고 그를 더욱 존경하게 되었다.

이 이야기 속의 랍비는 자신이 가난함에도 거저 생긴 다이아몬드를 당나귀 전 주인에게 갖다 주라고 말한다. 다이아몬드를 자신이 가져도 문제 될 게 없는데도 말이다.

이렇듯 물질 앞에서 탐욕을 부리지 않는 정직함은 자신을 넘어서는 일이다. 랍비가 취한 행동은 아무나 할 수 있는 일이 아니다. 대부분의 사람들은 자신의 복으로 여기며 감사했을 것이다.

이처럼 불의에 타협하지 않고, 탐욕을 부리지 않고, 금은보화 앞에서도 흔들리지 않는 것은 자신을 넘어서는 일이다. 특히, 물질 앞에 흔들리지 않는 사람은 그 어떤 시련과 역경도 능히 이겨 낼 수 있다.

유대인은 어느 곳에서도 적응해 살아가는 능력을 가졌다. 그들은 오랜 세월 전 세계를 떠돌며 살았는데, 가는 곳마다 인간 이하의 취급을 받으며 살았다. 참담하고 굴욕적인 삶을 살면서도 그들이 잃지 않은 것은, 언젠가는 반드시 그들 조상의 땅 가나안으로 돌아간다는 굳건한 믿음이었다. 그들이 가슴속에 품었던 믿음 즉 시오니즘은 그들에게 절망 중에서도 희망을 버리지 않게 했다.

단단한 칼을 만들려면 쇠를 뜨거운 불길에 달구었다가, 찬물에 담그기를 수백 번 수천 번 반복해야 한다. 그래야 쇠의 결이 촘촘해져 단단한 칼로 거듭나게 된다. 이와 마찬가지로 시련과 역경은 사람을 강하게 만든다. 시련 속에 단련된 사람은 잡초와 같아서 웬만한 시련 따위엔 절대 쓰러지는 법이 없다.

유대인이 강해질 수 있었던 것은 시련과 역경 때문이었다. 유대인은 자신들이 겪었던 시련과 역경을 살아가는 동안 절대 잊지 않는다. 두 번 다시는 그런 참담한 일을 겪지 않기 위해서다.

유대인 부모는 자녀가 여행을 떠나면 최소한의 경비만을 주고 스스로 알아서 하게 한다. 자녀는 그것을 당연하게 받아들인다. 돈이 적다든지 너무한다든지 하는 따위의 불평은 하지 않는다. 모자라는 경비는 스스로 벌어서 해결한다.

이렇게 자란 유대인은 단단하게 뿌리 내린 나무와 같아, 그어떤 시련과 역경도 극복해 내며 자신을 뛰어넘어 자신의 길을 당당하게 걸어간다.

요즘 우리나라 청소년들은 조금만 힘들어도 쉽게 포기하고, 부모에게 또는 남에게 의존하려 한다. 이들이 의존적으로 될 수밖에 없는 것은 부모의 영향이 크다. 특히 어머니의 영향이 크다.

어떤 어머니는 자녀가 힘들어 하는 것이 안쓰러워 뭐든지 대신해 준다. 그러다 보니 자녀는 자신이 충분히 할 수 있는 일도 조금만 힘들면, 어머니에게 도움을 청한다. 도무지 자녀가 어려움을 이겨 낼 수 있는 기회를 주지 않는다. 자녀를 온실 속에 화초로 키우는 것이다.

이렇게 자란 자녀가 성장해서 부모에게 의존하는 캥거루족이 되고, 공부도 안 하고 직업 교육도 안 받는 니트족이 되고 부모를 떠나면 곧 죽는 줄로 아는 연약한 애어른이 된다.

비바람을 맞으며 큰 나무는 튼튼하게 뿌리를 내리지만, 온실 속에서 자란 나무는 온실을 벗어나는 순간 기운을 잃고 관리를 해 주지 않으면 곧바로 죽는다.

강인한 청소년이 되고 싶다면 부모에게 절대 의지하지 말아야 한다. 어떤 일도 혼자 힘으로 충분히 해낼 수 있도록 자신을 혹독하게 훈련해야 한다. 죽기 아니면 까무러치는 식으로 독하게 살아야 한다. 스스로가 만족한 삶을 살기 위해서는 스스로 강해지지 않으면 안 된다.

효과적인 삶의 방법

인생을 잘 사는 것은 참으로 어려운 일이다. 같은 삶을 살아도 누구는 백 점짜리의 삶을 사는데 누구는 50점, 30점짜리의 삶을 산다고 했을 때, 백 점짜리의 인생은 만족함으로 인해 더 없는 행복을 누릴 것이다. 하지만 50점, 30점짜리의 인생은 삶을 고통이라고 느끼며 순간순간을 불행이라고 여길 것이다.

삶은 자신이 스케치하는 대로 명품 인생이 될 수도 있고, 밋밋한 인생이 될 수도 있고, 짝퉁 인생이 될 수도 있다. 그러나 사람들은 누구나 명품 인생을 꿈꾸고 그렇게 되기를 희망한다. 하지만 명품 인생으로 사는 사람은 별로 많지 않다. 명품 인생으로 산다는 것은 남보다 그만큼 더 많은 노력을 했기 때문이다.

보기에 좋은 그림은 그만한 가치를 지닌 화가가 그렸기 때문이고, 화려한 무대에서 관객을 사로잡는 가수는 그만큼 피나는 노력을 했기에 찬사와 갈채를 받는 것이다.

마찬가지로 자신이 특별한 삶을 살고 싶다면, 자신만의 특별한 가치를 추구해야 하고, 특별한 가치를 지니기 위해서는 자신을 넘어서는 효과적인 삶의 방법이 반드시 필요하다.

아무리 좋은 음식도 먹지 않으면 소용이 없듯, 아무리 좋은 삶의 지혜도 실천하지 않으면 의미가 없다. 효과적으로 자신을 넘어서려면 아래의 여섯 가지를 반드시 실행하는 것이 중요하다.

효과적으로 자신을 넘어서는 법

※ 자신이 할 수 있는 일은 그 어떤 경우라도 스스로 해야 한다. 스스로 하면 못 할 것 같아도 다 하게 된다.

※ 자신의 용돈은 자신이 벌어 써야 한다. 땀을 흘리며 받는 대가는 자신을 뿌듯하게 하고 돈의 소중함을 알게 한다.

※ 남에게 도움을 받았으면 자신도 남을 도와야 한다.

※ 세상에는 힘들이지 않고 이루어지는 일은 없다. 그 어떤 일도 최선을 다해 힘껏 해야 한다.

※ 환경을 탓하거나 불평불만을 하지 말아야 한다. 환경을 탓하고 불평불만을 하면 매사에 부정적이고 소극적으로 변하게 된다.

※ 어떤 일에도 순리를 벗어나지 말아야 한다. 순리를 따르는 것이 최선의 삶임을 알 때 행복과 만족을 느끼게 된다.

탈무드 경구 3

*39*_사람에게 비밀을 알아내기는 쉬워도 그 비밀을 지키기는 어렵다.

*40*_자기보다 현명한 사람에게 지는 것이 자기보다 어리석은 자에게 이기는 것보다 낫다.

*41*_모욕에서 몸을 피하라. 그러나 명예를 쫓지 말라.

*42*_날마다 오늘이 당신의 마지막 날이라고 생각하라. 날마다 오늘이 당신의 첫날이라고 생각하라.

*43*_세상에는 언제나 더 큰 불행이 있다는 것을 생각하라.

*44*_누구나 거울 속에서 자기가 가장 좋아하는 사람을 본다.

*45*_자선을 하지 않는 사람은 아무리 큰 부자라도 맛있는 요리를 늘어놓은 식탁에 소금을 두지 않은 것과 같다.

*46*_당신의 친구가 꿀처럼 달더라도 모두 마셔 버리

면 안 된다.

*47*_친구가 화가 나 있을 때 달래려고 하지마라. 슬퍼하고 있을 때 위로하지 마라.

*48*_평판은 가장 좋은 소개장이다.

*49*_질투는 천 개의 눈을 가지고 있다. 그러나 한 개도 바로 보지 못한다.

*50*_만나는 사람 누구에게나 무엇인가를 배울 수 있는 사람이 이 세상에서 가장 현명한 사람이다.

*51*_많은 사람은 생각에서 달아나기 위해 책을 읽는다.

*52*_입보다는 귀를 높은 자리에 두어라.

*53*_지혜를 에워싸는 담은 침묵이다.

*54*_간사함은 고양이처럼 사람을 핥는다. 그러다가 사람을 할퀸다.

*55*_진실은 무거운 것이다. 그러므로 젊은 사람들밖에 나를 수 없다.

*56*_가장 중요한 것은 연구가 아니라 실천이다.

*57*_사람은 상황에 따라 명예가 올라가는 것이 아니

라 사람이 그 상황의 명예를 높이는 것이다.

*58*_반성하는 사람이 서 있는 땅은 가장 훌륭한 랍비
가 서 있는 땅보다 존귀하다.

*59*_국민의 소리는 하나님의 소리다.

*60*_거짓말쟁이에게 주어지는 가장 큰 형벌은 그
가 진실을 말했을 때에도 사람들이 믿지 않는
일이다.

*61*_어떤 사람은 젊었어도 늙었고 어떤 사람은 늙었
어도 젊다.

Chapter 4

_탈무드처럼 배려하라

20 베푸는 삶을 즐겨라

자선의 즐거움

유대인은 남을 도와주는 것을 좋아하고 당연히 여긴다. 그들이 자선하는 것을 좋아하는 것은 인간 본연의 일이라고 믿기 때문이다.

"돈은 비료와 같은 것이다. 쓰지 않고 쌓아두면 냄새가 난다."

이는 탈무드에 나오는 말인데 돈을 모으기만 하는 것을 경계하라는 말이다. 즉 돈을 벌기만 하지 말고 쓸 줄도 알아야 한다는 것이다.

유대인은 선행을 베풀 때 '브라하'라고 말한다. 브라하는 선행을 축하하는 말이다. 하지만 자선을 하며 브라하라고 말하지는 않는다. 자선은 선행이 아니라 의무라고 생각하기 때문이다.

또한 탈무드에는 '돈은 사람에게 참다운 명예를 주지 않는다. 아무리 돈을 벌어도 그것만 가지고는 인간의 참다운 명예를 살 수 없다'는 이야기가 있다. 이 말의 뜻은 참다운 명예를 얻기 위해서는 돈 이상의 것을 해야 한다는 말이다. 그것은 바로 돈을 가치 있게 쓰라는 것이다. 그래서 돈을 가치 있게 쓰는 사람이 존경을 받는 것이다. 유대인들은 자선을 베푸는 것을 아름다운 미덕으로 여기기 때문이다.

탈무드에는 자선에 대한 감동적인 이야기가 나온다. 이 이야기엔 자선에 대한 유대인의 철학이 잘 나타나 있다.

큰 농장을 가지고 있는 농부가 있었다. 그는 큰 부자답지 않게 겸손했고, 예루살렘 부근에선 가장 자선을 많이 하는 사람이었다. 그래서 매년 랍비들은 그의 집을 방문했고, 그럴 때마다 그는 아낌없이 후원금을 내놓았다.

「이거 얼마 되지 않습니다만, 필요한 데 조그만 도움이라도 되었으면 좋겠습니다.」

「얼마 안 되다니요? 이 돈이면 우리가 하는 일에 많은 도움이 된답니다. 참으로 인자하신 분이시군요. 정말 감사합니다.」

농부의 선행에 랍비는 진정으로 고마워하였다.

그러던 어느 해, 폭풍우가 몰아쳐 과수원이 모두 망가져 버리고 가축들에게 전염병이 돌아 그가 기르던 양과 소, 말까지 모조리 죽고 말았다.

「오, 이럴 수가. 어떻게 이런 일이 있을 수 있단 말인가?」

농부는 가슴을 쓸어내리며 중얼거렸다. 이 소식을 들은 빚쟁이들이 농부 집으로 몰려들어 그의 재산을 모두 빼앗아 버렸다. 농부에게 남은 재산은 손바닥만 한 토지가 전부였다. 그러나 농부는 자신의 재산은 하나님이 주시고 또 가져갔다고 생각하며 아무렇지도 않게 생각했다.

「역시 그 농부는 보통 사람들하고는 생각하는 것이 달라. 참으로 마음이 넓은 사람이야.」

주변 사람들은 농부에게 아낌없는 위로를 보내 주었다.

이런 사실을 모르는 랍비들은 여느 해처럼 그를 찾아왔다. 그러고는 달라진 그의 처지를 보고 깜짝 놀라 위로의 말을 쏟아 놓았다.

「어떻게 위로의 말씀을 드려야 할지……. 그러나 용기를 잃

지 마십시오. 그동안 쌓은 선행의 값을 하나님께서 외면하지
않으실 겁니다.」

「위로해 주셔서 감사합니다. 나는 항상 랍비들이 학교를 세
우거나 성전을 유지할 수 있도록 하고 가난한 사람, 늙은 사
람을 도울 수 있도록 헌금했었는데 올해는 아무것도 줄 수가
없으니 참으로 안타깝군요.」

「아닙니다. 그런 말씀하지 않으셔도 그 마음 다 압니다.」

랍비는 농부의 진심 어린 말에 따스한 위로를 해 주었다.

「죄송하게 됐습니다. 그러나 그냥 빈손으로 보내지는 않겠습
니다. 마지막으로 남아 있는 땅의 절반을 팔아 헌금하고, 남
은 절반의 땅을 열심히 경작하여 재산을 불려 나가도록 할
겁니다.」

「네에? 이런 상황에서도 마지막 남은 땅의 절반을 후원하시
겠다니……. 오, 그 손길 위에 하나님의 은총이 함께 하시길
기도하겠습니다.」

랍비들은 뜻밖의 농부의 말에 크게 감동하였다.

농부는 나머지 땅에 온 정성을 다해 농사를 지었다.

그러던 어느 날 밭갈이하던 소가 갑자기 쓰러지고 말았다.
흙투성이가 된 소를 일으키려고 애쓰는데 소의 발밑에 뭔가가 보

였다. 엄청난 양의 보물이었다. 그 보물을 통해 농부는 다시 예전과 같은 농장을 운영하게 되었다.

이듬해 랍비들은 아직도 그 농부가 가난한 생활을 계속하고 있으리라 생각하고 지난 해 작은 땅을 경작하던 곳으로 찾아갔다. 그러나 그곳엔 농부가 없었다.

「그 사람은 예전 자신의 농장으로 갔습니다. 그곳에 가 보세요.」

랍비들은 이웃 사람의 말을 듣고 그곳으로 찾아갔다. 놀랍게도 농부는 예전의 큰 농장에서 살고 있었다. 농부는 아무 영문도 모르는 랍비들에게 그 이유를 설명해 주었다. 랍비들은 그의 이야기를 듣고는 모두가 감동한 얼굴로 말했다.

「오, 놀랍고 감사한 일입니다. 그토록 아름다운 선행을 베풀더니……. 진심으로 축하드립니다.」

「아낌없이 자선을 베풀면 그 대가가 반드시 되돌아온다는 것을 알았습니다. 전처럼 후원을 할 수 있게 돼 그것이 무척 기쁠 뿐입니다.」

농부가 환하게 웃으며 하는 말을 듣고 랍비들도 따라서 웃었다.

이 이야기에서처럼 유대인에게 자선은 매우 가치 있는 일이다.

자신이 가진 것을 나누어 주는 것을 좋아하는 사람은 자선의 가치를 잘 아는 사람이다. 하지만 나누어 줄 줄 모르는 사람은 자선의 가치를 모른다. 그래서 남에게 베푸는 것을 낭비라고 생각한다.

자선은 삶의 미덕이며 소중한 행동 양식이다.

베푸는 삶이 행복한 삶이다

내가 아는 어떤 여성은 고아원과 양로원, 육아원 등을 찾아다니며 20년 가까이 자선을 베풀고 있다. 그녀는 물질로 자선을 베풀기도 하고 때론 직접 참여하여 봉사하기도 한다.

엄마의 그런 모습을 보고 자란 그녀의 아들딸도 엄마를 따라 즐거운 마음으로 봉사를 하고 있다. 엄마가 자선을 베푸는 모습에서 아이들은 큰 감동을 받았고, 자신들도 엄마처럼 되고 싶었던 것이다.

우리나라 부자들은 존경을 받기보다 눈살을 찌푸리게 한다. 그들이 우리의 눈살을 찌푸리게 하는 건, 그들은 돈을 모을 줄만 알았지 제대로 쓸 줄은 모르기 때문이다. 게다가 불법으로 세금을 떼어먹는 이들도 있고, 비도덕적인 방법으로 재산을 모으는 사람도 있다.

이에 비해 빌 게이츠나 워렌 버핏 같은 이들이 귀감이 되고 존경을 받는 건, 자신이 애써 번 돈을 아낌없이 사회를 위해 내놓기 때문이다. 그것도 한두 푼이 아니라 상상을 초월하는 천문학적인 액수로 말이다. 대개의 미국 부자들이 자선을 즐겨하는 것은, 과거 그들의 선조들로부터 이어받은 미풍양속과도 같은 것이다.

강철왕 카네기, 석유왕 록펠러가 미국 사회에 기부 문화를 일으킨 대표적인 사람들이다.

우리 사회에도 자선을 즐겨하는 사람들이 있다. 그런데 한 가지 공통점은 그들이 대부분 서민이라는 것이다. 없는 사람이 없는 사람을 위해 자신이 가진 것의 일부를 아낌없이 내어놓는다.

이것이 우리와 미국 사람들의 자선에 대한 인식 차이다. 베푸는 마음을 기르기 위해서는 어떻게 하는 것이 좋을까?

우리는 예로부터 베푸는 것을 즐겨하는 민족이었다. 조선시대 경주 최부자 이야기라든가 여성 거상인 김만덕의 이야기는 자선의 숭고함과 아름다움을 잘 말해 준다.

우리 역시 유대인 못지않은 민족이다. 하지만 더 달라져야 한다. 특히 부자들이 달라져야 한다. 그들이 달라지면 우리 사회는 지금보다 더욱 향기로운 사회가 될 것이다.

우리의 청소년들도 자선의 아름다운 동행에 참여해야 한다.

그렇게 했을 때 스스로에게 만족하고 행복한 오늘을 살게 될 것이다.

베푸는 마음을 기르는 법

※ 남에게 자선하는 것을 행복한 마음으로 해야 한다. 남에게 베푸는 것을 통해 자신의 삶이 즐거워지기 때문이다.

※ 작은 봉사 활동이라도 꾸준히 해야 한다. 삶의 기쁨은 타인과 행복을 나눌 때 더 크게 찾아온다.

※ 자선을 베푸는 사람들과 교류해야 한다. 그들을 통해 진정한 삶의 기쁨을 키우게 되기 때문이다.

21 자아실현의 중요성

자아실현이 중요한 이유

유대인은 자아를 매우 소중히 여긴다. 스스로 깨달아 삶을 좀 더 행복하고 의미 있게 살기 원해서다. 그들은 자아실현을 위해 기도하고, 탈무드를 읽으며, 남을 배려하고 자선하는 것을 즐겨 실천한다. 이처럼 유대인은 하나에서 열에 이르도록 스스로 행함을 중요히 여기는 민족이다.

이렇듯 자아는 깨달음을 통한 가치 있는 행위를 말한다. 자아는 인간의 정신세계를 맑고 풍요롭게 한다. 또한 진정성 있는 삶을 살게 함으로써 인간의 가치를 한껏 끌어올린다.

자아는 나와 너 그리고 우리의 관계를 보다 성숙하고 부드럽게 이어 준다. 또 그렇게 될 때 행복 지수도 그만큼 높아지게 된다.

국민들로부터 존경을 한몸에 받는 훌륭한 랍비가 있었다. 그는 인자하고 매우 자애로운 사람이었다. 또 섬세한 감정을 가진데다 하나님을 공경하는 사람이었다. 그리고 개미 한 마리도 함부로 죽이지 않고 나무 한 그루, 풀 한 포기도 아끼는 사람이었다.

세월이 지나 80세가 넘은 그 랍비는 몸도 많이 약해지고, 눈도 어두워져 곧 죽을 때가 가까워졌다는 것을 어렴풋이 느꼈다. 제자들이 누워 있는 그의 주변에 모여들자 랍비는 울기 시작했다.

「스승님, 무슨 일이 있으신지요?」

제자가 놀라서 말했다. 랍비가 대답 없이 계속 울자 또다시 제자가 말했다.

「스승님께선 공부하는 것을 잊은 날이 하루라도 있었습니까? 깜빡 잊고 가르치지 않은 날이 있었습니까? 스승님은 이 나라에서 가장 존경 받는 훌륭한 분이십니다. 하나님을 가장 공경하는 분도 바로 스승님이십니다. 게다가 정치와 같이 더럽혀진 곳엔 발조차 들여놓으신 적도 없잖습니까? 이런 스승님께서 이토록 서럽게 우시는 이유가 무엇인지 정말이지 저희는 알 도리가 없습니다.」

이 말을 듣고 더 큰 소리로 울고 나서 랍비가 말했다.

「바로 그 이유 때문이란다. 죽는 순간에 하나님께서 '너는 공부했느냐? 너는 기도했느냐? 너는 자선을 베풀었느냐? 너는 바른 행실을 했느냐?'고 묻는다면 나는 모든 질문에 '네' 하고 대답할 수가 있다. 그러나 인간 사회에 사람들과 부대끼며 함께 생활했는가를 묻는다면 '아니요'라고 대답할 수밖에 없다. 그래서 우는 것이다.」

「네, 스승님. 스승님의 깊은 뜻을 잘 알겠습니다. 저희는 스승님의 깊은 뜻을 받들어 사람들 속에서 사람들의 행복과 진실한 삶을 위해 열심히 노력하며 살겠습니다.」

제자들은 스승의 얘기를 듣고 이렇게 말하며 존경을 표했다.

이 이야기가 말하고자 하는 것은 개인적으로 아무리 큰 성공을 했다고 해도 자기가 이룬 성공이나 업적을 적극적으로 사회에 활용하는 삶이 더 값지고 소중한 인생이라는 것이다.

부유한 삶을 살고 남보다 나은 인생을 살아도, 자신만의 만족한 삶을 살면 그것은 반쪽짜리 성공일 수밖에 없다.

이 이야기에 나오는 스승은 학문이 높고 존경 받는 훌륭한 인물이다. 그럼에도 자신에게 슬퍼하는 것은 사회에 대한 자신의 가치를 제대로 보여 주지 못했다는 것 때문이다. 다시 말해 자신의 모든 지식을 사회에 제대로 헌신하지 못한 것에 대한 자책이다.

이렇듯 유대인의 사고는 자아실현을 통한 자신의 삶을, 타인과 사회를 위해 봉사하고 헌신해야 한다고 믿고 실행한다는 것을 알 수 있다.

도리를 지켜 행하는 삶

매우 오랜 기간 동안 여행을 하는 사람이 있었다. 그는 피로와 굶주림에 지치고 목이 타는 갈증으로 아주 괴로워했다. 그러던 중 나무가 우거진 곳을 발견하였다.

「와! 숲이다! 저곳엔 물이 있겠지.」

여행자는 나무숲이 있는 곳엔 물이 있다는 것과 시원한 그늘 아래서 쉴 수 있다는 생각에 환호성을 질렀다. 그는 나무숲에 도착하자마자 정신없이 물을 마셔 댔다.

「아, 시원하다. 시원해! 이렇게 물이 시원하고 맛있을 줄이야.」

시원한 물을 마음껏 마시자 갈증이 가셨다. 그는 휴식을 취하며 잘 익은 과일로 굶주린 배를 채웠다. 그러고는 아주 만족스러운 표정을 지으며 행복해 하였다.

피로와 갈증을 푼 그는 또다시 길을 떠나야만 했다. 그는 자신에게 물과 맛있는 과일을 선물해 준 나무에게 말했다.

「나무야, 정말 고맙다. 어떻게 보답을 해야 할까? 너의 열매가 달게 해 달라고 기도하고 싶지만 너는 벌써 그것을 가지고 있고, 네가 더욱 잘 자라게 넉넉한 물이 있게 해 달라고 기도하고 싶어도 네게는 그 물마저 충분하구나. 그러므로 내가 너를 위해 기도할 수 있는 것은, 네가 될수록 많은 열매를 맺고, 그 열매가 많은 나무가 되어 너처럼 아름답고 훌륭하게 자라게 해 달라는 것 한 가지뿐이구나. 나무야, 정말 고마웠다.」

이렇게 말을 마친 그는 손을 흔들고는 또다시 여행길에 올랐다.

이 이야기는 인간의 도리에 대해 말하고 있다.

사람은 자신에게 도움을 준 사람과 헤어질 때는, 멋진 작별 인사를 할 줄 알아야 한다. 자신에게 도움을 주고, 힘이 되어 준 사람이 있었기에 자신의 생활이 그만큼 행복하고 즐거울 수 있기 때문이다.

비록 그 대상이 사람이 아니라 동물이나 식물, 그 무엇이라 할지라도 우리는 감사한 마음을 가져야 한다. 그것이 자신에게 도움을 준 것들에 대한 도리다.

그런데 안타깝게도 인간의 도리에 대한 가르침은 우리 교육에서 사라진 지 이미 오래다. 모든 것이 입시 위주로 짜인 학교에서 인성 교육은 어쩌면 전근대적인 사고일지도 모른다.

하지만 세계 최고의 민족인 유대인은 우리와 다르다. 그들은 인간의 도리를 최고의 덕목이라 여겨 가르치고 있다.

졸업식 뒤풀이를 하며 교복을 찢고 알몸을 드러내게 하는 비인간적인 모습이 바로 오늘날 우리나라 중·고등학생들의 모습이다. 물론 일부에 해당하는 일이지만 그것이 인성 교육의 부재에서 오는 일임을 부정할 수 없다. 그러나 지금도 늦지 않았다. 바르게 가르치고 올바르게 배우면 된다.

이 세 가지 노력을 꾸준히 하면 자신의 마음 깊은 곳에 타인과 나, 사회와 나에 대한 새로운 인식을 기를 수 있다. 그리고 나 아닌 타인과 사회에 대해 깊은 관심을 갖고, 지킬 것은 지키고 버릴 것은 버리게 됨으로써 인간의 도리를 다하게 되는 것이다.

인간의 도리를 지키는 자세

※ 사람이 해서 되는 일과 해서 안 되는 일을 분명하게 해야한다. 그래서 해서 되는 일은 계속하고 해서 안 되는 일은하지 말아야 한다.

※ 감사한 마음을 잃어서는 안 된다. 매사에 작은 일에도 감사해야 한다. 감사하는 마음은 도리를 아는 마음이다.

※ 자신을 이기는 사람이 되어야 한다. 자기 마음을 통제할 줄아는 능력은 어떤 상황에서도 자신을 지켜내게 하고, 타인에게 좋은 인상을 심어 주게 된다.

22 감사하며 사는 습관을 길러라

감사하는 사람이 되라

사람은 감정의 동물이다. 기쁠 땐 웃고, 슬플 땐 울고, 화날 땐 짜증을 부리고, 감사할 땐 고마움을 표한다.

사람에게 있어 감정 표현은 매우 중요하다. 자신이 잘되기 위해서는 감정을 조절하는 능력을 길러야 한다.

특히 감사하는 마음을 가져야 한다. 감사하는 마음은 상대방에 대한 고마움의 표시고 예의기 때문이다. 그래서 감사하는 마음을 갖고 사는 사람은 모든 사람에게 따뜻한 관심을 받을 수 있다. 감사하며 사는 것은 자신은 물론 상대방을 기분 좋게 하는 일이다. 감사할 줄 아는 사람이 보다 성공적인 삶을 살 수 있고, 만족한 삶을 살게 된다. 하지만 감사할 줄 모르는 사람은 불행한 사람이다. 감사할 줄 모른다는 것은 모든 것을 부정적으로 본다는 것이기 때문이다. 감사할 줄 모르는 사람에겐 누구도 관심을 두지 않을 뿐만 아니라, 어려움에 처해도 도움을 주지 않는다.

다음은 탈무드에 나오는 이야기다.

이 세상 최초의 인간인 아담은 빵을 먹기 위해 일하지 않으면 안 되었다. 먼저 밭을 갈고, 씨를 뿌리고, 그것을 키워 거둬들이고, 갈아서 가루로 빻아야 하고, 반죽을 하고, 굽는 15단계의 과정을 거쳐야만 했다. 하지만 지금은 돈만 내면 빵집에서 만들어 놓은 빵을 얼마든지 사올 수 있다.

맨 처음 단 한 사람의 인간은 자기 몸에 걸칠 옷을 만드는 데 많은 수고를 해야만 했다. 양을 크게 키워 털을 깎고 짜서 옷을 만들어 입기까지는 수고만큼 오랜 시간이 필요했다. 하지만 지금은 돈만 내면 옷 가게에서 마음에 드는 옷을 얼마든지 사고 입을 수 있다. 옛날 같으면 혼자서 해야 했던 일을 다른 사람들이 해주고 있다. 그러므로 빵을 먹을 때 그리고 옷을 입을 때에 많은 사람에게 감사하는 마음을 잊어서는 안 된다.

사실 주변에 있는 사람들을 보면 감사하는 마음을 잊고 산다는 생각이 들 때가 많다. 웬만한 일에는 감사하다는 말을 잘 안 한다. 사람들이 이런 태도를 보이는 것은 평소 감사할 줄 모르며 생활하기 때문이다. '고맙습니다, 감사합니다' 라는 말은 일 초면 할 수 있다. 그런데 그렇게 하지 않는다는 것은 감사에 대한 마음이 없다는 것이다.

감사할 줄 아는 사람이 더 행복한 삶을 산다. 감사한다는 것은 그만큼 자신의 삶이 만족스럽다는 뜻이다. 그러므로 행복하기를 원한다면 매사에 감사하는 마음으로 살아야 한다.

감사하며 사는 것도 습관이다

감사한 마음으로 살라고 하면 '감사할 일이 있어야 감사를 하지' 라고 말하는 사람들이 있다. 그러나 그것은 잘 모르고 하는 말이다.

마음만 먹으면 작은 일에도 얼마든지 감사할 수 있다. 하지만 사람들이 작은 일은 대수롭지 않게 여기기 때문에 대부분 잊고 지나간다.

진정 행복하게 살고 싶다면 작은 일에 만족하고 감사해야 한다. 감사하는 마음이 행복이고 행복이 곧 감사하는 마음이다.

감사하며 사는 것도 습관이다. 감사하는 마음을 습관화시키기 위해서는 어떻게 해야 할까?

유대인은 감사하며 사는 감사의 민족이다. 그들은 매사에 감사한다. 그들을 지켜 주고 보살펴 주는 하나님께 감사하고, 가족에게 감사하고, 이웃에게 감사하고, 국가에 감사하며 산다. 그들이 잘살고 잘되는 것은 감사하며 사는 감사의 민족이기 때문이다.

감사하며 사는 청소년이 되라. 자신을 낳아 주고 길러 주는 부모에게 감사하고, 가르침을 주는 선생님에게 감사하고, 자신이 늘 만나는 친구들에게 감사하고, 도움을 받았을 땐 도움을 준 사람에게 진심으로 감사하라. 감사하며 사는 것이 진정한 성공의 비결이다.

감사하는 마음 습관 들이기

※ 감사한 마음을 품고 실천해야 한다. 언제나 '감사합니다' '고맙습니다' 라는 말을 해야 한다. 그렇게 반복하다 보면 자연스럽게 입에 붙게 된다.

※ 감사한 마음이 행복한 마음이라는 것을 알아야 한다. 그러면 언제나 감사하다는 말을 하게 될 것이다.

※ 작은 일에도 감사함을 표현해야 한다. 자신을 낮추고 모든 것에 감사하는 만큼 더 행복한 삶을 살게 된다.

23 배려하는 마음을 길러라

배려하는 마음

어떤 노인이 정원에 나무를 심고 있었다. 노인의 얼굴에선 땀이 비 오듯 쏟아졌다.

「아, 덥다 더워. 하지만 부지런히 심어야지.」

노인은 연방 수건으로 땀을 닦아 내면서도 쉬지 않고 계속 나무를 심고 또 심었다. 노인의 얼굴엔 기쁨으로 가득 차 있었다. 때마침 그곳을 지나던 나그네가 노인을 향해 말했다.

「어르신, 그 나무에서 언제 열매를 거둘 수 있다고 그렇게 열심히 나무를 심으십니까?」

「한 수십 년은 지난 뒤에야 결실을 볼 수 있을 것이오.」

「네에, 그렇군요. 어르신께서 그토록 오래 사실 수 있으시겠습니까?」

나그네는 고개를 갸우뚱거리고 또 다시 물었다. 그러자 노인은 나그네를 바라보며 빙그레 웃었다. 그러고는 이내 말문을 열었다.

「아니요. 그렇게 살 수 없지요. 내 나이가 지금 몇인데…….」

「그럼, 왜 그토록 열심히 나무를 심으십니까?」

「그 이유를 알고 싶소?」

「네, 어르신.」

「나는 이 나무에서 자란 열매를 먹지 못해요. 하지만 내가 태어날 때도 많은 과일나무가 있었다오. 그 과일나무 덕에 나는 많은 열매를 먹을 수 있었소. 그런데 그 과일나무는 내 아버님께서 내가 태어나기도 전에 심어 놓으셨다오. 나 역시 내 아버님처럼 나무를 심어 놓으면 다음에 태어날 내 손자들이나 다른 사람들이 맛있게 먹지 않겠소. 난 그런 마음으로 심는 거라오.」

「네. 그런 뜻이 있으셨군요.」

나그네는 노인의 말을 듣고, 깊은 감동을 받았다. 그러고는 그 자리에서 한동안 그대로 서 있었다.

이는 탈무드에 나오는 감동적인 이야기다. 탈무드에 보면 남을 배려하는 이야기가 많이 나온다. 이는 유대인이 배려하는 것을 즐기는 민족이라는 것을 말해 준다. 유대인은 자신들이 믿는 하나님의 가르침을 그대로 실천해 옮기며 사는 민족이다.

이 이야기의 노인처럼 다른 사람을 위해 배려한다는 것은 참으로 소중하고 복된 일이다. 더군다나 수십 년 뒤에 있을 일을 생각하고 배려한다는 것은 얼마나 아름답고 고귀한 일인가. 노인이 심은 나무는 먼 훗날 많은 사람에게 맛있는 과일을 선물할 것이다.

남을 배려하는 것은 인간 사회에서 가장 아름다운 일이며, 그렇게 살아갈 때 만족과 행복을 동시에 느끼게 된다.

배려하는 마음 기르기

※ 배려하는 마음은 진정한 아름다운 마음에서 나온다. 그래서 꾸준히 실천함으로써 습관화해야 한다.

※ 배려하는 마음과 선행하는 기쁨을 알아야 한다. 그래야 기쁘고 즐거운 일이 행복한 일이라는 걸 알게 된다.

※ 사람들과 즐거움을 나누는 마음을 길러야 한다. 즐거움은

혼자보다는 여럿이 나눌 때 더 크다.

※ 더불어 살아가는 마음을 길러야 한다. 사람은 혼자서는 살

수 없는 존재다.

따뜻한 관심

한 남자가 보트 한 척을 가지고 있었다. 그는 여름이 되면 가족들을 배에 태우고 호수로 나가 낚시를 하며 즐거운 시간을 보내곤 했다.

「애들아, 재미있니?」

「네. 아빠! 정말 즐겁고 재밌어요.」

「당신은 어때요?」

이번엔 아내에게 물었다.

「물론 즐겁고 재미있지요.」

「그래요. 우리 행복한 시간을 보냅시다.」

가족은 이렇게 말하며 시간 가는 줄 모르고 즐거운 시간을 보냈다. 여름 내내 즐거운 시간을 보내고, 보트를 뭍으로 끌어올렸다. 그때서야 남자는 보트 밑바닥에 구멍이 뚫려 있다는 사실

을 알게 되었다. 하지만 그것은 매우 작은 구멍이었고, 어차피 겨울 동안은 보트를 사용하지 않기 때문에 다시 사용하게 될 내년 여름에나 수리해야겠다고 생각하고는 그대로 내버려 두었다. 그러고는 페인트칠만 페인트 공에게 부탁했다.

그렇게 겨울이 지나고 봄이 지나고 여름이 되었다. 그의 두 아이는 어서 보트를 타고 호수로 나가고 싶어 했다.

「아빠! 빨리 보트 타러 가요! 네? 아빠!」

「지금은 안 돼, 아빠가 너무 바쁘거든.」

「그러면 아빠, 우리 둘이 조심해서 탈 게요.」

「그래? 알았다. 그럼, 조심해서 타야 한다. 무슨 일 있으면 큰 소리 쳐라.」

「네, 아빠.」

남자는 보트에 구멍이 나 있다는 사실을 까맣게 잊어버리고 두 아이에게 보트를 타도 좋다고 승낙했다. 그가 보트에 구멍이 뚫려 있다는 사실을 뒤늦게 깨닫게 된 것은 이미 두 시간이 지난 뒤였다.

「이, 이를 어쩌지! 크, 큰일 났구나.」

남자는 허둥거리며 밖으로 뛰어나갔다. 그러고는 호수를 향해 미친 듯이 달려갔다. 그런데 놀라운 일이 그의 눈에 들어왔다. 큰일이 난 줄 알았던 두 아이가 보트를 뭍으로 끌어올리고 있었던 것이다.

「오! 세상에 이런 일이 다 있다니!」

그도 그럴 것이 아이들이 죽은 줄로만 알았기 때문이다. 그는 두 아이를 반갑게 끌어안고는 한동안 그대로 있었다. 영문을 모르는 아이들은 동그래진 눈으로 말했다.

「아빠, 갑자기 왜 그래요? 무슨 일 있어요?」

「아냐. 그대로 있어. 그냥, 아빠가 너희를 안아 주고 싶어서 그러는 거야.」

그는 이렇게 말하며 아이들의 얼굴을 어루만졌다. 그리고 그는 보트 바닥을 살펴보았다. 그런데 구멍 난 밑바닥을 누군가가 수리해 놓았던 것이다.

「이, 이럴 수가! 누가 수리해 놓았지?」

그는 혼잣말로 중얼거렸다. 그 순간 지난겨울 보트에 페인트 칠을 했던 페인트 공이 생각났다. 그는 페인트 공을 찾아갔다. 그러고는 그에게 사례금을 내놓았다.

「이게 무슨 돈입니까?」

아무것도 모르는 페인트 공은 의아한 얼굴로 말했다.

「사실 그 보트에 구멍이 나 있었는데 수리한다는 걸 깜빡 잊고 아이들에게 호수에서 보트 놀이를 하라고 했습니다. 그리고 두 시간 후 보트에 구멍이 뚫려 있다는 것이 생각나 아이들에게 큰일이 났겠구나, 하고 달려가 보니 아, 글쎄 아이들은 멀쩡하고 보트 구멍도 수리가 돼 있지 뭡니까? 얼마나 감사하고 고맙던지……. 그래서 이렇게 찾아왔습니다. 그 보트 구멍을 본 사람은 나와 당신밖에 없으니까요.」

「아, 그랬군요. 페인트를 칠하는데 구멍이 나 있어 손본 것뿐입니다. 이 돈은 받을 수 없습니다.」

「아닙니다. 너무도 감사한 마음에서 드리는 것이니 받아주세요.」

남자는 이렇게 말하며 머리 숙여 깊이 감사했다. 페인트 공얼굴에도 기쁨의 꽃이 활짝 피어났다.

이는 탈무드에 나오는 아름다운 이야기다. 이 이야기에서 보듯 페인트 공은 부탁하지도 않은 일을 스스로 했다는 것을 알 수있다. 그의 따뜻한 관심으로 두 아이의 소중한 목숨을 구할 수 있었다.

그처럼 선행을 베풀고도 당연하게 생각하는 페인트 공의 넉넉한 마음은 사람들을 감동하게 한다. 그런 따뜻한 마음이 진정한 남을 배려하는 마음이다.

풍요로운 인생을 살아가려면 남을 배려하고 선행을 베푸는 삶을 살아야 한다. 아무리 배움이 많고 좋은 직업을 가졌어도 자신만 안다면, 그것은 좋은 삶이라 결코 말할 수 없다.

유대인들이 낙천적으로 사는 것은 몸과 마음이 즐겁기 때문이다. 몸과 마음이 즐거우니 하는 일도 잘된다. 그래서 배려하고 선행을 베풀며 만족스러운 마음으로 살아야 한다. 만족한 마음은 실천에서 오는 즐거움이기 때문이다.

24 준비된 사람이 되어야 한다

성실한 사람이 되라

유대인의 성실성은 누구나 인정한다. 그들이 오늘날 세계 최고의 민족이 될 수 있었던 것은 그들의 풍부한 창의력에도 있지만, 성실성을 빼놓을 수 없다. 성실성은 예나 지금이나 사람이 취해야 할 기본자세다.

하지만 성실하게 산다는 것이 마음처럼 쉽지 않다. 성실하게 살기 위해서는 부지런해야 하는데 사람은 적당히 게으르고 싶은 마음을 갖고 있기 때문이다. 게으름을 이겨 내야 성실하고 부지런한 마음을 갖게 된다.

이를 잘 알게 해 주는 이야기가 있다.

어느 나라 국왕의 포도원에서 많은 일꾼이 일을 하고 있었다. 일꾼들 가운데에는 다른 일꾼들보다 월등히 일을 잘하는 한 일꾼이 있었다.

어느 날 포도원을 둘러보러 온 왕이 열심히 일하는 일꾼을 보게 되었다.

「오, 저토록 성실하게 일하다니. 여봐라, 저 일꾼을 데려오라.」

왕의 명을 받은 신하가 일꾼을 데리고 왔다.

「자네, 참으로 성실하고 부지런하군.」

「감사합니다. 폐하.」

「아닐세. 진심으로 하는 말이네.」

왕은 이렇게 말하며 일꾼과 포도원을 산책하였다.

유대인의 풍속에 품삯은 그날그날 지급하는 전통이 있다. 그날도 일이 끝나자 일꾼들은 품삯을 받기 위해 줄지어 섰고, 그들 모두는 똑같은 액수의 품삯을 받았다. 부지런한 일꾼이 똑같은 품삯을 받는 것을 본 다른 일꾼이 따지며 말했다.

「저 사람은 겨우 두 시간밖에 일하지 않고 나머지 시간은 폐하와 함께 산책만 했는데, 어째서 우리와 똑같은 액수의 품삯을 주는 겁니까? 이건 공평치 못한 일입니다.」

이 말을 들은 왕이 말했다.

「이 사람은 너희가 하루 종일 일한 것보다 더 많은 양의 일을 두 시간에 해냈다. 하루 동안 일을 했다고 해서 일을 많이 했다는 것은 잘못된 생각이다. 얼마의 시간을 일했느냐가 중요한 것이 아니라, 얼마나 열심히 일을 했느냐가 더욱 중요한 것이다. 알겠느냐?」

왕의 말을 듣고 사람들은 더 이상 아무 말도 하지 못했다. 그 말이 하나도 틀리지 않았기 때문이다.

「저는 그냥 제 나름대로 일한 것뿐인데 폐하께서 그렇게 말씀해 주시니 감사할 따름입니다.」

부지런한 일꾼은 진심으로 감사하며 말했다.

「아니다. 너의 충직한 마음이 너를 그렇게 만든 것이니라. 앞으로 나라를 위해 훌륭한 일을 해다오.」

「알겠습니다. 폐하. 제 한 몸 바쳐 폐하와 나라를 위해 힘껏 일하겠습니다.」

왕의 말을 들은 일꾼은 환한 웃음을 지으며 굳게 다짐하였다.

이 이야기를 보면 똑같은 시간을 두 배로 가치 있게 쓰는 사람이 있는가 하면, 어떤 사람은 아무 쓸모없이 시간을 낭비한다는 것을 알 수 있다. 오랜 시간 일을 했지만 제대로 일하지 않은 사람은 왕에게 인정을 받지 못했다. 하지만 두 시간을 일한 일꾼은 왕으로부터 인정을 받았다. 같은 시간도 효과적으로 쓸 수 있어야 한다. 그것이 곧 성실함과 부지런함이다.

'시간은 금이다' 라는 말과 '시간은 날아가는 화살과 같다' 는 말이 있다. 이는 시간의 중요성을 강조하는 말이다. 시간은 어떻게 쓰느냐에 따라 금이 되기도 하고, 돌이 되기도 한다.

준비된 사람이 승리한다

지금 우리 사회는 준비된 사람을 원한다. 그것이 어느 분야건 필요한 요청이 있을 때 바로 '네' 라는 대답이 나와야 한다.

그런데 준비되지 않은 상태에서 무언가 하기를 바란다면, 그것은 스스로 무지함을 드러내는 행위와 같다. 그래서 맞춤식 교육이라든가 맞춤식 직업 교육이라는 말이 유행어처럼 떠돌고 있다.

이는 초스피드 시대에 당연한 현상이다. 모든 것이 숨 가쁘게 지나가는 시대에서 느긋하게 있을 수는 없다. 그러다 보면 현실에서 처지게 되고 도태될 수밖에 없기 때문이다.

사람은 늘 준비된 자세를 갖고 있어야 한다. 특히, 청소년들은 더욱 자신의 미래를 위해 알차게 준비해야 한다. 미래는 열심히 준비하는 사람을 좋아하고 그에게 성공이란 기쁨을 선물한다.

어떤 왕이 있었다.

어느 날 왕은 성대한 잔치를 벌인다며 많은 하인을 초대하였다. 그러나 잔치가 언제 시작될지는 아무에게도 알려 주지 않았다.

「우리를 잔치에 초대해 준 것은 감사하고 황송한 일이지만 시간을 알려 주지 않다니. 참 이상한 일이네.」

「그러게 말이야.」

하인들은 왕이 베푸는 잔치에 초대 받은 것을 기뻐하면서도 이렇게 말했다.

그때 슬기로운 한 하인이 '왕께서 하시는 일이니 아무 때든 잔치가 시작될 거야. 그러니 준비하고 있어야지' 하고 생각하며 미리 궁전 문 앞에서 기다렸다.

그러나 어리석은 하인은 '잔치를 준비하자면 시간이 걸릴 테니 그때까지는 내 할 일이나 하지 뭐'라고 생각하며 게으름을 피웠다.

드디어 풍악을 울리며 흥겨운 잔치가 시작되었다. 잔치가 시작되자마자 슬기로운 하인은 곧바로 궁전 안으로 들어가서 즐거운 잔치에 참여하였다. 슬기로운 하인은 처음 본 궁전의 잔치가 매우 화려하고 성대하여 정신을 차릴 수가 없었다.

「과연, 왕이 베푼 잔치답구나. 이런 잔치에 초대를 다 받게
되다니……. 아, 나는 무척 행복한 사람이야.」

슬기로운 하인은 이렇게 말하며 활짝 웃었다.

하지만 어리석은 하인은 자신의 게으름으로 끝내 시간에 맞
춰 궁전으로 들어가지 못하고 궁전 앞에서 발만 동동 구르며 애
를 태웠다.

「이를 어쩌지. 왕의 잔치에 초대를 받고도 참여하지 못하다
니. 아, 나의 어리석음과 게으름이 원망스럽구나.」

어리석은 하인은 자신의 어리석음을 두고두고 후회하였다.

이 이야기에서 알 수 있듯 사람은 늘 준비된 자세로 살아야
한다. 언제 어느 때 자신에게 좋은 기회가 올지 모르기 때문이다.
좋은 기회를 얻고 싶다면 항상 준비하며 자신에게 기회가 오도록
노력해야 한다. 준비하고 기다리는 사람에게는 더 많은 기회가
찾아오는 법이다.

유대인은 자신이 원하는 것을 하고 반드시 책임을 진다. 그
래서 유대인은 항상 준비하고 성실한 자세로 일관한다.

우리의 청소년들이 자신이 원하는 일을 하고, 행복하게 살고
싶다면 성실하게 일해 왕으로부터 인정받은 부지런한 일꾼이나,

왕의 잔치에 초대를 받은 슬기로운 하인처럼 늘 성실하게 그리고 준비된 자세로 살아야 한다.

삶은 그런 사람을 좋아하고 성공이란 아름다운 행복을 선물한다.

준비된 사람의 자세

※ 자신의 적성에 잘 맞는 공부를 해야 한다. 자신에게 잘 맞는 일은 힘들어도 재미가 있다.

※ 충분한 실력을 갖춰야 한다. 항상 준비하고 기다리면 기회가 왔을 때 잡을 수 있다.

※ 변화의 흐름에 자신을 맞출 수 있어야 한다. 그러기 위해서는 다양한 분야의 책을 읽고 정보를 수집해야 한다. 급변하게 돌아가는 시대에 정보는 생명줄과 같은 것이다.

25 진정한 부의 법칙

돈은 부끄러운 것이 아니다

유대인은 돈이 많은 것을 부끄러워하지 않는다. 그렇다고 해서 자랑하지도 않는다. 다만, 유대인은 돈을 도구라고 생각한다. 그리고 도구에 지배되는 사람은 없다고 믿는다. 또 도구는 많이 갖고 있을수록 좋다고 생각한다. 그 이유는 돈이 있어야 값진 일에도 쓰고, 보람 있는 삶을 산다고 여기기 때문이다.

우리는 이러한 유대인의 돈에 대한 철학을 배워야 한다. 특히 장래가 창창한 청소년들은 더더욱 배워야 한다.

사실 돈이 많다는 것은 즐거운 일이다. 돈은 내가 원하는 것을 갖게 해 주고 내가 하고 싶은 것을 하게 해 준다. 현대 사회에서는 돈이 많을수록 그만큼 살아가기에 유리하다.

그런데 돈이 많은 사람을 속물로 바라본다면 그것은 잘못된 일이다.

돈이 많은 사람에게 볼 수 있는 두 가지 현상은, 하나는 돈을 자신의 무기로 삼는다는 것이다. 이런 사람들은 돈이면 다 된다고 생각하는 황금만능주의자다. 그래서 돈을 이용해 자신을 과시하기도 하고 부정한 일도 서슴지 않는다. 그들은 돈을 긍정적으로 사용하는 것이 아니라 부정적으로 사용한다. 이런 사람들 때문에 많은 사람이 돈에 대해 부정적인 시각을 갖고 있다.

그리고 다른 하나는 돈을 효율적으로 쓰는 사람들이다. 이들은 자선을 하는 등 돈을 축척하는 도구로 여기지 않는다. 돈은 쓰기 위해서 있는 것이고, 그 쓰임은 가치가 있어야 한다고 생각한다.

영국의 문호 찰스 디킨스의 〈크리스마스 캐럴〉에 나오는 스크루우지는 돈밖에 모르는 구두쇠다. 그는 눈물도 없고, 따뜻한 가슴도 없고, 인간성이라고는 눈 씻고 찾아봐도 없다. 그가 하는 일이란 오직 돈 버는 일이고, 그것도 악덕 고리대금업자로 악명이 높다. 그런 그가 과거와 현재와 미래의 자신의 모습을 통해, 큰 깨달음을 얻고 선행을 베푸는 사람이 된다.

이 이야기의 주제는 돈을 벌기 위해서 남에게 상처를 주고 아픔을 주는 일을 해서는 안 된다는 것이다. 또 돈은 정당하게 벌어야 하고, 좋은 일에 가치 있게 써야만 돈 앞에 떳떳한 사람이 될 수 있음을 말한다.

유대인은 세계 금융과 경제를 쥐락펴락할 만큼 막강한 부를 갖고 있다. 그들이 많은 돈을 벌 수 있었던 것은 돈의 가치를 잘 아는 민족이기 때문이다. 돈은 부끄러운 것이 아니라는 그들의 말처럼 부끄럽지 않은 돈을 많이 벌어 유용하게 쓴다면 그것이야말로 진정한 부라고 할 수 있다.

진정한 부의 법칙

요즘 서점가엔 돈 버는 책이 베스트셀러에 오른다. 주식 투자법이니 통장을 몇 개를 만들어야 한다느니 하는 책은 물론, 부동산으로 돈 버는 법을 가르쳐 주는 책이 많이 있다.

한때 《12살에 부자가 된 키라》라는 책이 어린이들에게 읽히

며 어린이들의 관심을 끈 적이 있다. 그런데 문제는 아이 스스로
는 그런 책을 사지 않고 부모가 경제 교육을 운운하며 아이에게
책을 사다 준다는 것이다.

물론 자본주의 경제 사회에서 아이들에게 돈 버는 법을 가르
쳐 주는 것을 나쁘다고만은 할 수 없다. 그런데 문제는 돈을 벌어
잘 쓰는 법을 가르쳐 주는 책은 없다는 것이다. 오직 돈 버는 방
법만을 가르친다.

진정한 부의 법칙을 알기 위해서는 돈을 버는 데만 그치는
것이 아니라, 번 돈을 잘 쓰는 법도 배워야만 한다. 같은 돈도 어
떻게 쓰느냐에 따라 돈의 가치가 달라지기 때문이다.

돈을 함부로 쓰면 그 돈은 더 이상 돈이 아니라 사람을 망치
는 요물이 된다. 하지만 돈은 잘 쓰면 보물이 된다.

진정한 부의 법칙을 실천하며 산다는 것은, 자신의 소중한
것을 가난한 자와 나눌 줄 아는 마음이 있다는 것이다.

신문과 뉴스를 장식하는 아름다운 이야기에는 진정한 부의
법칙을 실천하며 사는 사람들의 모습이 담겨 있다. 평생 모은 재
산을 대학에 기증한 할머니, 젓갈 장사로 번 돈을 장학금으로 아
낌없이 내놓은 할머니, 매년 거액의 후원금을 동사무소에 몰래
갖다 놓는 이름 모를 후원자, 포장마차로 힘들게 번 돈을 양로원

에 정기적으로 후원하는 포장마차 주인, 휴일마다 육아원을 찾아 다니며 색소폰을 연주하는 경찰관 등이 그런 사람들이다.

사람은 누구나 부자가 되고 싶어 한다. 하지만 누구나 부자가 되는 것은 아니다. 부자는 운도 따라야 하고 재테크에도 밝아야 한다.

그러나 돈 버는 것보다 더 중요한 것은 돈을 잘 써야 하는 것이다. 돈을 잘 쓰는 사람이 진정한 부자다.

돈 잘 쓰는 법

※ 낭비는 최악의 인생을 맞게 하는 몹쓸 습관이다. 낭비하는 습관을 버려야 한다.

※ 돈 잘 쓰는 법을 배워야 한다. 자선도 하고, 남을 위해 쓰는 돈은 사람을 기쁘게 한다는 것을 피부로 느껴야 한다.

※ 돈은 과시하는 수단이 아니라 인생을 풍요롭게 하는 도구라고 생각해야 한다. 그래야 돈을 소중히 여기고 가치 있게 쓰게 된다.

※ 돈을 부정한 일에 쓰지 말아야 한다. 자신의 이익을 위해

뇌물을 준다든지, 나쁜 목적으로 쓰는 것은 돈을 모독하는

일이다.

※ 지혜로운 자는 행복을 위해 돈을 쓰지만, 어리석은 자는 자

신의 이기심을 위해 돈을 쓴다.

탈무드 경구 4

62 _자기 결점만 신경 쓰는 사람은 남의 결점을 알아
차리지 못한다.

63 _먹는 것을 장난감으로 다루는 사람은 배고픈 자
가 아니다.

64 _하루를 공부하지 않으면 그것을 되찾는 데 이틀
이 걸린다. 이틀을 공부하지 않으면 그것을 되찾
는 데 나흘이 걸린다. 일 년을 공부하지 않으면
그것을 되찾는 데는 이 년이 걸린다.

65 _눈이 보이지 않는 것보다 마음이 보이지 않는 것
이 더 무섭다.

66 _강한 사람은 자신을 통제할 수 있는 사람이다.

67 _넉넉한 사람은 자기가 가진 것으로 만족할 수 있
는 사람이다.

68 _만일 친구가 채소를 가지고 있으면 육류를 주
어라.

69 _여자는 자기의 외모를 가장 소중히 여긴다.

70 _세상에는 도를 넘으면 안 되는 것이 여덟이 있다. 여행, 여자 친구, 부, 일, 술, 수면, 약 그리고 향료다.

71 _포도주는 새것일 때엔 포도주 맛이 난다. 그러나 오래 묵으면 묵을수록 맛이 좋아진다. 지혜도 마찬가지다. 나이가 들수록 지혜는 깊어진다.

72 _단지 하나에 들어간 한 개의 동전은 시끄럽게 소리를 내지만 동전이 가득한 단지는 조용하다.

73 _향수 가게에 들어가 아무런 향수를 사지 않더라도 가게를 나왔을 때는 냄새가 난다.

74 _칼을 들고 일어서는 자는 글을 가지고 일어설 수가 없다. 글을 가지고 일어서는 자는 칼을 가지고 일어설 수 없다.

75 _자기를 아는 것이 최대의 지혜다.

76 _값비싼 진주가 없어져 이것을 찾기 위해 아무런 가치도 없는 양초가 쓰였다.

77 _기억력을 기르는 가장 좋은 방법은 반복하는 것

이다.

78_지식이 얕으면 이내 잃어버린다.

79_죄는 처음에는 여자처럼 약하지만 내버려 두면 남자처럼 강해진다.

80_죄는 처음에는 나그네다. 그러나 그대로 두면 나그네가 집주인이 되고 만다.

81_고기는 언제나 입으로 낚인다. 인간도 역시 입으로 걸린다.

82_인간의 입은 하나, 귀는 둘이다. 이것은 듣기를 배로 하기 위함이다.

83_여우의 머리가 되느니 사자의 꼬리가 되라.

84_좋은 단지를 가지고 있으면 그날 중에 사용하라. 내일이면 깨져 버릴지도 모른다.

85_몸의 모든 부분은 마음에 의존한다. 그리고 마음은 지갑에 의존한다.

86_타인의 자비로 사느니 가난한 생활을 하는 것이 더 낫다.

유대인의 네 가지 인간형 팁

01 일반적인 인간형

내 것은 내 것이고, 네 것은 네 것이란 일반론적인 인간형을 말한다. 이런 인간형은 보편적인 인간이 가지고 있는 마인드를 갖고 있다. 이런 유형의 인간은 자기 것과 남의 것을 확실하게 한다.

02 공동체적인 인간형

내 것은 네 것이고, 네 것은 내 것이란 이색적인 인간형을 말한다. 이런 인간형은 소유에 대한 개념이 공동체적인 인간을 말한다. 즉 소유에 대한 개념을 공동체적 입장에서 생각한다. 마르크스의 사회주의는 이런 공동체적 인간형의 표본이라 할 수 있다.

03 사도적인 인간형

내 것은 네 것이고, 네 것도 네 것이란 정의론적 인간형을 말한다. 이런 유형의 인간은 매우 인간적이고 희생적인 마인드를 갖고 있다. 그래서 자신의 모든 것을 바쳐 헌신하는 인간이다. 이런 인간형은 사도적인 마인드를 지닌 인간이라고 할 수 있다.

내 것은 당연히 내 것이고, 네 것도 내 것이라는 몰상식적 인간형이다. 이런 유형의 인간은 비도적이고 비사회적인 인간을 말한다. 이런 사람이 많은 사회일수록 혼란하고 무질서하다. 이런 유형의 인간은 마땅히 통제되어야 한다.

이처럼 유대인은 인간을 네 가지 관점으로 분류하여 말한다. 일반적인 인간형, 공동체적인 인간형, 사도적인 인간형, 강도적인 인간형이 그것이다. 이를 보면 유대인들의 인간에 대한 명료한 인간관을 알 수 있다.

그들이 세계에서 막대한 영향력을 행사하는 것도 인간에 대한 철저한 탐구와 인식론에서 비롯된 것이라고 볼 수 있다. 사람이 사람을 상대하는 것만큼 어려운 것도 없을 테니 말이다.

현인이 되는 일곱 가지 팁

01 자신보다 현명한 사람이 있을 때는 침묵한다.

02 남의 이야기를 중간에서 자르지 않는다.

03 대답할 때 덤벙대지 않는다.

04 언제나 정곡을 찌르는 질문을 하고, 이치에 맞게 논리적
   으로 대답한다.

05 먼저 하지 않으면 안 되는 것부터 시작하고, 미뤄야 하는
   것은 맨 나중에 한다.

06 자기가 모를 때에는 그것을 인정한다.

07 진실한 것은 진실로 인정한다.

유대인에겐 현인이 되는 일곱 가지 조건이 있다. 이 일곱 가지 조건을 마음에 품고 실천함으로써 아키바, 조슈아, 마이야, 유다, 조카난, 아바사울 같은 훌륭한 랍비들이 많이 배출되었다.

이 일곱 가지를 마음에 새기고 실천한다면 좋은 품성을 기르게 될 것이다.

탈무드형 성공습관

초판 1쇄 인쇄일 • 2010년 8월 5일
초판 1쇄 발행일 • 2010년 8월 10일
지은이 • 김옥림
펴낸이 • 임성규
펴낸곳 • 문이당

등록 • 1988. 11. 5. 제 1-832호
주소 • 서울시 성북구 동소문동 4가 83 청구빌딩 3층
전화 • 928-8741~3(영) 927-4990~2(편)
팩스 • 925-5406
ⓒ 김옥림, 2010

홈페이지 http://www.munidang.co.kr
전자우편 webmaster@munidang.co.kr

ISBN 978-89-7456-436-0 43810